Johann Nestroy · Stich- und Schlagworte

J Nestroy

Johann Nestroy

Stich- und Schlagworte

Zusammengestellt von
Reinhard Urbach

Deuticke

Homepage: www.deuticke.at
Umschlaggestaltung: Robert Hollinger, Wien
Druck: Wiener Verlag
Printed in Austria

ISBN 3-216-30568-6

MIT NESTROY LACHEN

Johann Nestroys Aphorismen und Wortspiele, Kalauer und umständliche Umschreibungen einfacher Sachverhalte sind *gesprochene* Ungetüme; sie sind nicht zum *Lesen* da, sondern zum *Hören*. Seine Metaphern dienen dem Spiel und haben theatralische Wucht. Was er schreibt, läßt er Figuren sagen. Seine Figuren, also hauptsächlich die, die er selbst spielte, sind stets klüger, sprachbewußter und sprechgewandter als ihre Gegenspieler, deren Verhaltensweisen und deren Sätze zwar auch von ihm stammen, die aber doch in der Regel dazu da sind, ihm, der die Hauptrolle spielt, Gelegenheit zum Widerspruch und Widerstand zu geben. Sie sind auch witziger, überlegener, philosophisch geschulter als der zuschauende Zuhörer ihrem Stand, ihrer Profession, ihrer Ausbildung zugestehen würde. Aber sie sind nicht verschlagener und verspielter als der letzte der sprachverdrehenden, hinterfotzigen Hanswürste, von denen sie genetisch abstammen; was sie ihren Vorfahren voraushaben, ist allenfalls die sophistische Attitüde, die definitorische Borniertheit, als hätten sie Hegel gelesen. Ihr ätzender Scharfsinn, ihr höhnender Schmäh, ihr masochistischer Menschenhaß sind mächtige Widersacher ihrer tatsächlichen Ohnmacht – ein gesellschaftliches Paradox, das sie fast zerreißt.

Das gute Ende der Possen wird erreicht wider alle Vernunft. Denn im leichtfertigen, richtigen Leben siegt Kauz über Schnoferl (*Das Mädl aus der Vorstadt*), entdeckt Zangler seinen Kommis auf Lepschi (*Einen Jux will er sich machen*), wird Herr von Lips von seinen Schmarotzern samt der Witwe Schleyer zugrunde gerichtet (*Der Zerrissene*), gibt es keinen Spund, der über Titus Feuerfuchs das Füllhorn des Bierprofits gießen würde (*Der Talisman*).

Nestroy erspart seinen Figuren Schimpf und Schande, errichtet und erreicht eine heikel heile Komödienfassade, ein Kartenhaus der Illusionen (das außerhalb des geschützten Logentheaters von jedem restaurativen Föhn niedergedrückt worden wäre).

Dies aber geschähe mit jeder Komödie, daß sie der bösen Wirklichkeit nicht standhält; die Besonderheit der Possen Nestroys ist, daß er die prekäre Situation seiner Zeit voll durchschaut und formuliert, daß er seinen Pessimismus ausspricht, ohne ihn am optimistischen Ende seiner Possen wahrhaben zu müssen. Seine Schlüsse sind nicht utopisch oder hoffnungsfroh, sondern ironische Beschönigungen.
Nestroy umschmeichelt nicht sein Publikum, wie es seine unmittelbaren Vorläufer und Zeitgenossen Gleich, Meisl, Bäuerle tun.
Er erfindet keine Weltgebäude der politischen Phantasie, wie sein Vorgänger Raimund, der die soziale Utopie vom Glück als Zufriedenheit und Ordnung als gesichertem Wohlstand stets von neuem auf die Bretter stemmt.
Nestroy unterstellt seinen Possenplots nicht Wahrhaftigkeit, wie es die von ihm schadenfroh verworfenen Lebensbilder seiner Nachfolger, etwa Friedrich Kaiser, tun, Vorboten des sozialen Dramas. (Wenn man im Parkett sammeln würde, wären die Konflikte bereinigt und die Probleme gelöst.)
Er preßt seine Sentenzen nicht in heroisches Versmaß und schiebt sie nicht in historische, mythische, geographische Fernen ab wie sein Mitbürger Grillparzer auf der Hochbühne.
Er lockt nicht mit biederem Konversationston die lustig erschwerten Familienkonflikte des Biedermeiers hinter dem Kachelofen hervor wie Bauernfeld in seinen keimfrei konstruierten Salonlustspielen.
Sondern er bleibt auf vertrautem, bedenklichem Boden, also in Wien. Seine bitteren Possen sind im weltläufigsten Sinn lokale Komödien. Das Geisterreich – in den frühen Stücken noch präsent – hat sich aufgelöst, ist verraucht. Nur in Parodien (auf Wagner, auf Hebbel) übernimmt er die Kontur der Originale, übertüncht sie aber mit lokalem Kolorit. Seine Hoch-, Umgangs- und Kunstsprache ist der Dialekt. Der Schnabel wuchs ihm wienerisch. So läßt er seine Nebenfiguren das Herz auf der Zunge tragen und widerlegt sie sofort mit den Kopfgeburten

seiner Hauptfiguren. So durchsichtig deren Masken auch sind, so daß ihr Autor hindurchgrinst, so sehr bleiben sie doch Masken, hinter denen der Autor sich versteckt. So wenig man die Platitüden seiner Nebenfiguren dem Autor ankreiden darf, so wenig sind die bissigen Sottisen und grobschlächtigen Zoten seiner Hauptrollen identisch mit seiner eigenen Meinung. Als Moralist steht er über seinen Figuren, nicht in ihnen. Er gefiel sich im Erfinden unzähliger Tunichtgute, Tausendsassas, Bösewichte, Störenfriede. Seine aufsässigen, intriganten, betrügerischen Teufelskerle sind intelligent und brillant. Wo sonst kann man so viele schlechte Menschen so gescheit reden hören? Nicht einmal bei Shakespeare. Selbst seine besten Kerle, wie den Peter Span (*Der Unbedeutende*), stattet Nestroy mit Mißtrauen und Rachsucht aus, nicht weil er ein so guter Psychologe wäre, der um die vielen Seiten in der Menschen Brust weiß, sondern weil ihm die Fehler aller seiner Helden die beste Gelegenheit geben, eben diese auszustellen, anzuschwärzen.
Auf diese Art lehrt Nestroy den *Zynismus des Kompliments*, das Vehikel des sozialen Aufstiegs auf Kosten der Kommunikation. Der, der die Komplimente macht – und wer machte sie nicht? –, verzichtet willentlich auf die Sprache als Medium der Wahrhaftigkeit.
Auf diese Art lehrt Nestroy den *Sarkasmus der Definition*. Man kann alles sagen, denn es wird nichts geglaubt. Die Schärfe des Ausdrucks entspricht der Unverbindlichkeit der Konvention, nichts Gesagtes ernst zu nehmen. Aber schon gar nichts.
Dadurch ist es unmöglich geworden, Emotionen auszudrükken, eine Beziehung herzustellen, deren Echtheit sich durch Sprache bekräftigen ließe.
Das einzig Echte, Wertbeständige, Gediegene, das einzige, für das jeder Einsatz sich lohnt in diesem Kosmos der Aperçus, Bonmots, Metapherncharaden ist das Geld.
Nestroy hat sein Publikum verdorben. Nicht, wie so manche Zeitgenossen besorgt (die Moralisten) oder erbost (die Polizisten) befürchteten, im sittlichen Sinne, sondern für Lügen und

Täuschungen, die allesamt in der Sprache und im Sprechen, in den Phrasen und Redensarten verborgen liegen. Durch ihn hat sein Publikum – bis heute – ein Sensorium dafür entwickeln können, wie hohl Pathos und wie falsch Überzeugungen klingen.
Nestroy ist deshalb so zeitgemäß, weil sein Pessimismus gegenüber seiner Zukunft von unserer Gegenwart bestätigt wird. Und weil Nestroy seinem Pessimismus so überlegen war, daß er ihn durch den Ausdruck, den er ihm für uns mitgab, aufhob.

Hier nun werden Zitate aus ihrem Zusammenhang gerissen, statt in ihm belassen, mäkeln die Puristen. Hier werden große Brocken zermahlen zu kleinen Happen, maulen die Sachkundigen. Hier werden nicht die Figuren zitiert, denen Nestroy seine Sätze in den Mund legte, sondern die Definitionen und Dialoge, Lieder und Tiraden absolut genommen, monieren die Spezialisten.
Ja. Aber mein Bestreben war fromm. Ich wollte Losungen für den Alltag finden. Doch ist dem, der sie über die Lippen bringt, damit noch nicht geholfen. Es ist dies keine Sammlung von Nestroy-Aphorismen für alle Lebenslagen, kein Schatzkästlein des österreichischen Hausfreundes, das man nach Belieben plündern könnte, ohne Gefahr zu laufen, sich zu blamieren.
Ich wollte die alten bösen Sentenzen in ihrer boshaften Menschenfeindlichkeit in eine willkürliche Ordnung bündeln. Ein Blütenstrauß, neu gewunden zum zweihundertsten Geburtstag – er soll zum lachenden Nachdenken verleiten.
Stichworte haben etwas Gewaltsames. Das Schlagwörterbuch ist ein Prokrustesbett. Der Benutzer kann zusätzlich strecken, dehnen, kürzen, wie er mag. Natürlich läßt sich Nestroy nicht auf einen Begriff festnageln, doch mag es Spaß machen, etwas über das Stichwort „Heirat“ zu finden, wenn man unter dem Schlagwort „Haß“ nachschlägt.

Reinhard Urbach

Knierim (Lumpazi).

„Auf's Jahr kommt der neue Komet, da geht die Welt z' Grund.“ –

Jupiter (Orpheus).

„Waaaas treibst du seit 14 Tagen?“

Pizzl (Umsonst).

„Ich werde mich jetzt eine Stunde räuberisch mit dem Moor befranzen.“ –

Pan (Daphnis und Chloé)

„Ich bin gar ein strenger, ein moralischer Gott, –
von der Seite kennen sie mich noch nicht."

Knitsch (Gebildete Hausknecht).

„Wenn jenseits dann die Höll' auch dich umzische,
Es naht ein Engel dir – die Greisslerische." –

Sansquartier (Mädchen in Uniform).

„So viele Engländer und diese einzige Jungfrau, – das muss einen traurigen Ausgang haben.“ –

Blasius Rohr (Graues Haus).

„Euer Excellenz, so ein Ball muss ein Viech' Geld kosten!“ –

Gaugraf (Tannhäuser).

„Im Venusberg vergass er Ehr' und Pflicht!" –
Merkwürdig unsereins kommt zu so was nicht!" –

Specht (Gaukler).

„Ich hab' 20 Jahre practizirt, und jetzt bin ich ein Bajazzo word'n." –

Frau Maxl (Hausmeisterin).

„Ich weiss wie mir war mit 19 Jahren; s' Heirathen war noch mein einziger Trost. –

Tratschmidl (Tritsch-Tratsch).

„Also doch ein Kindelfind, – jetzt schmeckt mir erst wieder der Tabak.“

Willibald (Schlimme Buben).

„Mädl ist auch ein Geschlechtswort, weil es das schöne Geschlecht anzeigt."

&

Der Prozess des weiblichen Altwerdens hat eine, durch das Formelle der socialen Position bedingte, von dem factischen Jahresquantum abstrahierende Distinction.

ALTERSWEISHEIT

Ich bin ein würdiger Greis, und wancke dem Grabe zu, *den* möcht' ich seh'n, der mich aufhalt't.

&

Ich verfall aber schon wieder in den Verzweiflungston; macht nichts, es ist eine ganz gutartige, amüsante Desperation, in der ich Tollheit auf Übereilung, Wahnsinn auf Thorheit häufe und mir auf diese Art ein angenehmes Alter bereite, denn das ist ja das Vergnügen der alten Tage, daß man alles besser einsieht, daß man sich einbildt, gscheiter zu sein, und daß man sich mit dem Gedanken foppt, wenn ich noch einmal jung werd, jetzt thät ich anders handeln. – Dieses Vergnügens beraubt man sich offenbar, wenn man in der Jugend schon gescheit und vernünftig wär – also bleiben wir bei dieser zu interessanten Thorheiten hinreißenden Verzweiflung, weil's wirklich gar keine so üble Verzweiflung ist.

AMBIVALENZ

Freundlichkeit und Freundlichkeit, is zweyerley. Leichtes Liesinger und schwerer Doppelbock, jedes is ein Bier.

AMERIKA

Amerika soll sehr schöne Platzeln für Liebende haben, aber dort reut's ei'm, denn in der Stille der Urwälder kommt man zu leicht zur Vernunft; in dieser Hinsicht is das Getümmel der Residenz verliebten Geniestreichen viel mehr zu empfehlen.

&

–.–: Muß sehr eine gute Fräuln seyn. Von welcher Farbe?
–.–: Was –?
–.–: Ach ja, ich vergeß, daß ich nicht mehr in Amerika bin, dort is das immer die erste Frag, ob eine Fräuln ins Kreolische, Mulattische oder ins Mestizische spielt.

AMSTERDAM

–.–: Amsterdam ist die großartigste Wasserstadt. Die Gassen bestehen aus Wasser; dort *geht* Niemand; im Sommer schwimmt die ganze Bevölkerung, im Winter schleift Alles.
–.–: Schöne Stadt, wo nichts Ungeschliffenes ist!

ANATOMIE

Die Anatomen schon lehren uns, daß das kleine menschliche Herz zwey verschiedene Kammern hat, und wier seh'n ja an den größten Ländern, was durch die Verschiedenheit der Kammern für Confusionen entsteh'n; Ferners zeigen uns die Anatomen, daß das Herz Ohren hat, und zwar verhältnißmäßig sehr große Ohren, dadurch allein schon ist jede Eseley, wo das Herz in Spiel is, zur Vergebung qualificiert.

ANONYMITÄT

Anonymität ist die Briefmarke der Lüge.

ANPASSUNG

Sie gehört unter die Epheu-Seelen die sich an etwas anranken müssen, und in dieser Anrankungssucht schau'n sie jedes hohlaufgeschoss'ne Rohrgewächs für eine Ceder an.

ANSPIELUNG

–.–: Is Ihnen nicht gefällig Platz zu nehmen?
–.–: Is das eine Hindeutung, daß er mich sitzen lassen will?

ANTHROPOLOGIE

Der Mensch ist allerdings ein Säugethir, denn er saugt sehr viele Flüssigkeiten in sich, das Männchen Bir und Wein, das Weibchen Kaffee. Der Mensch ist aber auch ein *Fisch*, denn er hat Schuppen, die ihm manchmahl spät, manchmahl gar nie von den Augen fallen. – Der Mensch ist ferner auch ein *Wurm*, denn er krümmt sich häufig im Staube; und bringt sich kriechend vorwärts, – der Mensch ist nicht minder ein *Amphibium* welches auf dem Land und im Wasser lebt. Denn Mancher der schon in Wasser ist, zieht noch ganz nobl auf's Land hinaus; der Mensch ist endlich auch ein Federvieh, denn gar mancher zeigt, wie er a Feder in d' Hand nimmt, daß er ein Vieh ist.

&

Es is jetzt ein schwer's Brot ein Frauenzimmer zu sein; wier Männer haben zu viel Stolz in uns: Das hab'n wier noch vom Thierreich beybehalten, da zeigt auch das stärckere Geschlecht, daß es die Oberhand, sprich ich, die Oberpfoten hat; Hand darf man da nicht sagen; und ich find' es is Überfluß, daß wier von die Thier' was nachmachen, wier sollen 's lieber verheimlichen, daß wier zu die Säugetiere gehören; wier haben ohnedem so wenig Unterscheidungszeichen; na ja, was denn? Die Vernunft? Die is nicht allgemein genug, und wie viele giebt's, die mit a Bissel ein g'scheidten Pintsch sich gar nicht messen dürffen. Die Sprach' soll uns auch auszeichnen vor die Thier', und Mancher zeigt grad durch das, wann er red't, was er für a Vieh is. Die Gesichtsbildung, von der will ich schon gar nix sag'n; denn seit der Colliersgraecemod is es erst recht verrathen wor'n, daß unsere Vorältern in die Kokos- und Kacktuswälder von ein Baum zum andern g'hupft seyn. Ich find' nur Ein

Hauptmerckmal der Menschheit, und das is der Wadl. In der ganzen Naturgeschichte giebt es kein Vieh, was ein'n Wadl hat; und wie is dieser Artikel gegenwärtig, nahmentlich bei unserm Geschlecht herabgekommen. Drum sag' ich, ehret die Frauen! Denn da spricht sich noch die Menschheit in großartigen Formen aus.

ANTICHAMBRIEREN

Ich bin doch Zimmermann, aber in die Vorzimmer kann ich mich nicht finden. Ein Vorzimmer-Mann is halt eine ganz eigene Profession, Viele erheben s' zur Kunst, Mancher bringt's bis zur Virtuosität darin, s' is schwer z'lernen.

ANTIQUARIAT

Todtengräbergeschäft der Litteratur.

ANTITHESE

Es giebt Keinen mit einem zu kurzen Fuß, der nicht auch einen länger'n Fuß darneben hat; – 's giebt keinen Einseitigen, der nicht auch eine andere Seiten hat, die den Gegensatz zur ersten Seite bieldet, so daß gerade der Einseitige, der Vielseitige, oder wenigstens der Zweyseitige is. Das is ächt philosophisch – und so behaupt' ich muß, oder kann wenigstens der auf einer Seiten moralisch Gesunckene, auf der andern Seiten seine moralischen Erhabenheiten hab'n.

ANZIEHUNGSKRAFT

Extreme berühren sich – menschlich – denn der Mensch besteht ja aus der Berührung der grellsten Extreme Körper und Geist.

Daß die Erden im Weltenraum sehr eine ungesunde Lage haben muß, weil's mehr Patienten als Gsunde drauf giebt, und daß aus diesem Grund die Welt selbst eine so großartige Apotheken hat, gegen deren Medikamentenmasse alles, was die Phantasie der Pharmaceuten ersonnen hat, als unbedeutend in den Hintergrund tritt! – So hat mein Göd gsagt, der Privatgelehrte. In der Weltapotheken is ein Hauptartikel der Thee; auf wie viele Arten als man da den Thee kriegen kann, das is enorm, am häufigsten is der Kramperlthee, welcher in Eh'standsform verabfolgt wird, wo bekanntlich das Bittere und die Kramperl vorherrschend sind. Dann kommen die Salben. Was in schwierigen Fällen durchs Schmieren ausgerichtet wird, is weltbekannt. – Dann hat die Weltapotheke sehr viel Geblütreinigendes fürs böse Blut – nur schad, ein Spezifikum, welches die Entstehung des bösen Blutes verhindert, da hat sie keins. – Von Pillen giebt sie uns eine Unzahl zu verschlucken, häufig werden sie überzuckert, was aber die Bitterkeit eher erhöht als vermindert. – Pflaster hat die Welt gar viele, sie heißen Rang, Titel, Auszeichnung, vor allem aber wird das sogenannte Goldpflaster bei Gemütsverletzungen mit großem Erfolg appliziert; auch aufs Maul gepappt is dieses Goldpflaster von wunderbarer Wirkung. Das geht aber nur bei einzelnen Individuen; wenn eine Menschenmasse an Wunden leidet, da is es schwer durch Pflaster zu heilen, denn die Menschheit ist ein widerspenstiger Patient, reißt gern 's Pflaster auf. Schweißtreibende Mittel giebt es zweierlei, ein ordinäres für die gemeinen Leut, nämlich Müh und Plag, und ein Sublimat für die höheren Stände, nämlich Angst und Verlegenheit, das treibt auch bedeutende Schweißtropfen auf die Stirn. Trotz dieser allgemeinen Transpiration is aber in der Welt das Reißen nicht auszurotten, weil zu gern einer den andern reißt. – Auch auflösende Mittel hat man a Menge, mit denen s' Verträge auflösen, Schwüre, Klubs, Kammern, alles lösen s' auf – hingegen von zusammenziehenden Mitteln, die eine Partei der andern näher brächte, zu Brüderlichkeit und Einigkeit, da is die Weltapotheken arm.

APOTHEKER

Da kommt er – fang's gleich an dein' Kur, zeig daß du Apotheker-Blut in den Adern hast –

APPETIT

Menschheit du sollst mich nicht verlieren, Appetit ist das zarte Band welches mich mit Dir verkettet welches mich alle Tag 3–4 mahl mahnt, daß ich mich der Gesellschaft nicht entreissen darf.

ÄQUIVALENZ

Viele Vertraute sind gerade so viel werth als Ein Verräther.

ARBEIT

D'Arbeit is kein Haas, die lauft nit davon.

ARBEITSMARKT

Eh'mahls wohl, da haben graue Haare gegolten; jetzt sind sie für den Dienstsuchenden nur die Garantie einer abschlägigen Antwort. – „Was kann der alte Mann mir leisten, zu was lad' ich mir einen Pensionisten auf'n Hals?" – so kalkuliert unser merkantilischer Zeitgeist. Das Alter hat nichts als Erfahrung, und die zählt nichts bey einer Generation, die nur Erfindung will.

ARISTOKRATIE

Hätt' sich der Adam einen Adelsbrief kauft, wär'n wir jetzt Alle gnädige Herrn –

ARMUT

Über die Armut braucht man sich nicht zu schämen, es giebt weit mehr Leut, die sich über ihren Reichtum schämen sollten.

ARZNEI

Es ist ein ungleicher lächerlicher Kampf, Apotheker-Waffen gegen das eiserne Fatum; mit Pillerln schießen auf ein Bomben schleuderndes Schicksal.

&

Manch'smahl macht's doch ein'n Unterschied, ob man das einnimmt oder das.

ARZT

Wenn's nur keine Patienten gäbet, ich wär' nochmahl so gern' Doctor.

&

Um die Menschen lieben zu können darf man kein Arzt werden, denn Undanck erzeugt Haß, und Niemand macht eine reichlichere Undanksärndte, als der Arzt. Heilt er einen Patienten, so schiebt's der Freygeist auf seine starke Natur, der Religiöse auf den Beystand des Himmels; stirbt ihm aber ein Patient, dann geben alle Partheyen immer nur dem Doctor die Schuld.

ÄSTHETIK

–.–: Ich habe für nichts Sinn, als für die Schönheit der Gegend.
–.–: Larifari, der gedeckte Tisch, das is die schönste Gegend.

&

–.–: Du solltest keinen so ordinairen Geschmack haben, ein Mensch wie du, soll sich ein Ideal –
–.–: Das wissen wir Alles. Hab mir schon lang eins gebildet in meiner Phantasie, aber die ungeschickte Wirklichkeit kann mir's nicht liefern. Ich betracht die Natur als meine verarmte Schuldnerinn, sie ist mir eine vollendete Schönheit schuldig, da laßt sie mich z'lang warten drauf, so pfänd ich

halt die einzelnen Reitze, wo ich s' find, und diese Ratenbehebung macht am End doch eine Capital-Schönheit aus.

ASTROLOGIE

Eigentlich giebt's jetzt keine Sterne mehr, sie geben sich wenigstens nicht mehr ab mit uns. Wie die Welt noch im Finstern war, war der Himmel so hell, und seit die Welt so im Klaren is, hat sich der Himmel verfinstert. Die Sterne, die sich anno Aberglauben um unser Schiksal so hinabgezappelt haben, sind anno Aufklärung in dieser Qualität erloschen. Wir sind jetzt weit mehr auf die Welt reduciert, an etwas Irdisches muß man sich jetzt anklammern. Das Wohlwollen in irgend einer Menschenbrust muß uns zum guten Stern werden, und wenn dieser Stern sich glücklicherweise mit einem andern Stern vereint, der auf dem Frakhorizont des Wohlwollenden strahlt, – dann ist es eine Constellation die Glück verbürgt; aber nicht wenn der Saturnus, Uranus und Kakranus auf- und untergeht.

ASTRONAUTIK

Gibts kan Eisenbahn,
Gibts kan Luftballon,
Der mi außiführt aus dera Welt?

ASTRONOMIE

–.–: Der Mond ist von Geschöpfen bewohnt.
–.–: Wir vermuthen es aber wir wissen es nicht.
–.–: Ich weiß es. Ich weiß es, denn im Mond werden auch Häuser gebaut. Die Meteorsteine nämlich sind nichts anders als Lunar-Ziegeln, welche uns unvorsichtige Mond-Maurer auf d' Nasen fallen lassen. Die Geschöpfe im Monde sind sogar weit größer als die bey uns. z. B. Ein Mondkalb ist schon ein enormes Vieh, während dem ein irdisches Kalb nur von mittlerer Größe ist.

ATHLET

Etwas Starkes hat jeder Mensch, der hat einen starken Durst, der hat einen starken Schlaf, der hat eine starcke Fiduz, der hat a starke Schnupfen, der hat ein starcken Verdacht, aber durchaus stark bin nur ich, denn meine Stärcke besteht rein in der Sterke.

AUFREGUNG

Das is Aufregung, so ein Moment reißt eim die Schlafhauben vom Kopf, das is Senf für das alltägliche Rindfleisch des Lebens.

AUGENSCHEIN

Wie respectabl die Leut' sind, das soll man nie auf'n ersten Blick beurtheil'n, weil man sich beym zweyten nur zu oft vom Gegentheil überzeugt.

AUSGLEICH

Was nach der Sorge, dem Schneider das Bügeleisen im Sak, daß ist dem Glücklichen, ein kleines Stückerl Kummer im Herzen, sonst giengen sie ja beyde in die Luft.

AUSTRALIEN

Das is der glückliche Welttheil, wo s' z'wenig Weiber hab'n, d'rum schickt ihnen unser boshafter Continent alle Sechs Wochen einen Dampfer mit Fünfhundert feurigen Jungfrau'n hin.

B

BÄCKER

Ich hätt sollen ein Bäck werden, aber so ein schlaftrunkenes Mehlgespenst hat immer etwas Mitleiderregendes und Unheimliches für mich gehabt; denn wenn ein Bäck auch keinen Geist hat, so hat er doch viel von einem Geist, er is weiß, geht um bei der Nacht, und sehnt sich nach Ruhe, die ihm nimmer wird – das sind offenbar die Haupteigenschaften von einem Geist.

BALL

Daß es Leut' giebt, die auf ein'n Ball geh'n, das find' ich begreifflich; aber daß es Leut' giebt, die einen Ball geben, das ist das, was mir ewig ein Räthsel bleibt.

BART

Wenn ein Mann nebstbey a Bissel ein'n Bart hat, so steht das männlich schön; wenn aber ein Bart nur nebstbey a Bisserl ein'n Mann hat, so steht das g'spasig.

BEGIERDE

Im Mittelalter wurde so was mit dem Tode bestraft, und nur die Justiz der Neuzeit übt so unzeitige Humanität in diesem Punct, wahrscheinlich um den Scharfrichtern die übermäßige Strappaz zu ersparen.

BEKANNTSCHAFT

Sie haben sich so befremdet ang'schaut, Sie sind g'wiß miteinander bekannt.

BELEUCHTUNG

Ich find, jede Beleuchtung ist unangenehm. Wenn man Jemanden haßt, ist man froh, wenn man ihn nicht sieht, wozu die Beleuchtung? – Wenn man Jemanden liebt, ist man froh, wenn Einem d'andern Leut'nit sehn, wozu die Beleuchtung? – Die übrige gleichgültige Welt nimmt sich im Halbdunkel noch am erträglichsten aus; wozu also die Beleuchtung?

&

Eine Eigenschaft, die viele Lichter haben, daß sie nicht jedes Dunkel aufzuhellen im Stande sind.

&

Da ist das Beste, Abends muß die erste Zusammenkunft geschehen, bey die Lichter, da gewinnt jede weibliche Schönheit. Denn beyn Tag ist sie schiech wie die Nacht.

BERUF

Der Mensch hat einen Ruf den man mit dem zweiten Buchstaben des ABC bezeichnet, das ist nämlich der Beruf, und über den kann nicht ein anderer Mensch aburtheilen.

BESCHEINIGUNG

Die Menschen haben schon den Unsinn, daß sie das für Wahrheit halten worüber sie ein'n Schein in Händen haben.

BESCHIMPFUNG

–.–: Mensch –!
–.–: Hätten Sie mir einen andern Nahmen gegeben, so hätt ich g'sagt „Selber einer" – aber so –

BIEDERMEIER

Ein G'spaß soll niemahls witzig seyn, sondern so gewiß sentimental gutmüthig, daß man mit'n halbeten G'sicht lachen und mit der andern Hälfte weinen kann. Wier sind biedersinnige gemüthliche Menschen, wier wollen überall Rührung, und was für's Herz.

BILDUNG

Mich habn s' bilden wollen! – lächerlich; natürlich als Bub, als so großer hätt ich so einen Eingriff in meine Rechte auf Naturzustand gar nicht geduldet. Es ist ihnen nicht gelungen, meinen Bilderern, ich hab die Wissenschaften zurückgewiesen, und diese verschmähten Geistestöchter stehn blamirt da vor mir, denn ich bin ein Beweis, wie viel der Mensch oft weiß, ohne daß er von Wissenschaften was weiß. Ich weiß zum Beispiel, daß Verdienste eine Sache sind, durch die sich der Mensch viele Verdienste erwirbt, ich weiß aber auch, daß das Verdienst nicht immer belohnt wird, jetzt könnt ich grad der seyn, bei dem's nicht belohnt wurd; wie kann man sich so einer Kränkung aussetzen? – Ich weiß, daß der Mensch was werden soll in der Welt; ich weiß aber auch, daß das eine Sottis' auf die Menschenwürde is, denn es spricht deutlich aus, daß der Mensch viel zu wenig is, wenn er nix is, als ein Mensch. – Ich weiß daß Erziehung eine höchst wichtige Sache is. Adam und Eva hätten wahrscheinlich den Verdruß mit die jungen Herrn Kain und Abel nicht erlebt, wenn s' den Buben einen Hofmeister g'halten hätten, aber natürlich von Ältern die, wie bekannt, nicht einmahl was anz'legen haben g'habt, kann man solche Depencen nicht begehrn; ich weiß aber auch daß bei viele junge Leut, wo die Ältern alles angewendt haben, auf die Ausbildung des Kopfes, *dennoch* am ganzen Kopf, *nichts*, eine *hohe* Entwicklung erreicht hat, als *die Ohren*. – Ich weiß, daß die Hoffnung grün is, weil sie dem Menschen grüne Zweige vorspiegeln muß, auf die er nie kommt – ich weiß, daß die Nacht schwarz is, weil s' in der Trauer geht um ihren Papa, um den gestrigen Tag, den sie eben begraben. Ich weiß daß die Beständigkeit blau is, denn sie is der Dunst, den ein unbeständiges Wesen dem andern beständig vormacht. Ich weiß daß die Unschuld weiß is, und weiß auch daß Niemand weiß warum sie sich so eine heikliche Leibfarb gewählt hat. Ich weiß daß das Geld von den Weisen eine vergängliche Sache schimpfirt wird, ich weiß aber auch daß es sehr dumm is, wenn so ein vergängliches Wesen, wie der Mensch, irgend einem Gegenstand die Vergänglichkeit zum Vorwurf macht; und haben denn die Gelehrtesten schon was Unvergängliches gemacht? wenn ihre schweinsledernen Geistesmumien, Bücher genannt, a Paar Seculum dem Bibliotheksstaub getrotzt haben, dann geht der Geist auch den Weg des Fleisches, eine elende Schabenfamilie frißt in a Paar Monat einen Folianten voll Unsterblichkeit, ohne besondere Magenbeschwerden zu verspüren – Mit einem Wort, es is a Schand und a Spott, was ich Alles weiß, und das ohne Studium. 's wär wirklich a Sünd, wenn ich was g'lernt hätt, das heißet doch rein drauf ausgehn, den Nebenmenschen zu verdunkeln.

&

Meine Geliebte is ein dummes Mädl – vielleicht is sie bloß aus diesem Grund meine Geliebte; wenn s' g'scheit wär', schauet sie sich um was G'scheiters um, und drum find' ich es sehr g'scheit von ihr, daß sie ein dummes Mädl is. Bei ihr is die Dummheit eine Gabe der Natur, es liegt nix Gezwungenes, nix Einstudiertes drin, drum is es eine liebe Dummheit, und aus demselben Grund hat auch ihre Dummheit kein Geld gekost't, während auf andre Mädln Summen spendiert werd'n, damit man's nur recht sieht, was s' für dumme Mädln sind; sie spielen dumm Klavier, sie reden dumm Französisch, sie zeichnen, sie tanzen dumm, kurzum, alles Mögliche, was man von einem gebildeten Mädl nur Dummes verlangen kann. – Und in noch mancher andern Hinsicht is der Mangel an Bildung recht gut, denn es gibt erstens nix Romantischeres als eine ungebildete Geliebte. Wenn der Urwald der Unwissenheit noch durch keine Axt der Kultur gelichtet, die Prärie der Geistesflachheit noch durch keine Ansiedlung von Wissenschaft unterbrochen ist, wenn auf den starren Felsen der Albernheit die Gedanken wie Steinböck' herumhupfen und das Ganze von keiner augenblendenden Aufklärungssonne bestrahlt, sondern nur von dem Mondlicht der Liebe ein wenig bemagischt wird – das wird doch, hoff' ich, unbändig romantisch sein! Es kann auch nichts Interessanteres als eine ungebildete Geliebte geben. Bei einer gebildeten weiß man in kurzer Zeit akkurat, wie viel sie gelernt hat, nacher wird s' ei'm fad; bei einer ungebildeten hingegen kann man gar nie wissen, was sie vielleicht noch all's lernen kann; da is der Phantasie ein marchfeldweiter Spielraum gegönnt! – Es gibt physisch Taubstumme, das sind auf jeden Fall Unglückliche; es gibt aber auch geistig Taubstumme, das sind nämlich diejenigen, die nicht lesen und nicht schreiben können – und das Malör is namentlich für Mädln nicht gar so groß. Eine, die nicht lesen kann, wird nie durch Bücher verdorben; sie kann deßtwegen noch immer verdorben werd'n genug, aber alle diese „Geheimnisse von Paris", diese „Monte Christo" und „Ewigen Juden" und Maison rouge sind Gebilde, die spurlos an ihr vorübergehn – ein bedeutender Prosit! – Nicht minder sind die Vorteile des „Nichtschreibenkönnens." – A solche hat schon das voraus, daß sie sich nie durch orthographische Fehler blamiert, und die Männer machen schon einmal so ein Aufhebens, wenn eine ein' falschen Buchstaben schreibt, schreiben aber selber oft vier Seiten lange Brief', wo jed's Wort eine Falschheit is. – Und ein gewisses Lesen und Schreiben können ja doch alle. Die keine Buchstaben kennt, kann dennoch dem Mann prächtig die Leviten lesen, und die auch keinen Haarstrich machen kann, schreibt dennoch dem Mann Vorschriften vor, die er aufs Haar befolgen soll.

BLASIERTHEIT

–.–: geh' auf Reisen.

–.–: Um zu sehn, daß es überall so fad is, als hier?

–.–: Nein, er meint Naturgenuß, Alpen, Vulkane, Katarakte.

–.–: Sag' mir ein Land, wo ich was Neu's seh'; wo der Wasserfall einen andern Brauser, der Waldbach einen andern Murmler, die Wiesenquelle einen andern Schlängler hat, als ich schon hundertmahl g'sehn und gehört hab – führ mich auf einen Gletscher mit schwarzem Schnee und glühende Eiszapfen, – segeln wier in einen Welttheil, wo das Waldesgrün lilafarb, wo die Morgenröthe paperlgrün ist! – Laßts mich aus, die Natur kränckelt auch an einer unerträglichen Stereotipigkeit.

BOTANIK

Ich habe Menschenkenntniß, folglich auch Pflanzenkenntniß. Wer die Menschen kennt, der kennt auch die Vegetabilien, weil nur sehr wenig Menschen leben, und viele unzählige aber nur vegetieren. Wer in der Fruh aufsteht, in die Kanzley geht, nacher Essen geht, nacher präferanzeln geht, und nacher schlafen geht, der vegetiert, wer in der Fruh in's G'wölb' geht, und nacher auf d' Mauth geht, und nacher essen geht, und nacher wieder in's G'wölb geht, der vegetiert, wer in der Fruh aufsteht, a Roll durchgeht, nacher in die Prob geht, nacher essen geht, nacher in's Kaffeehaus geht, nacher Comödiespielen geht, und wenn das alle Tag so fortgeht, der vegetiert. Zum Leben gehört sich billig berechnet, eine Million, und das is nicht genug, auch ein geistiger Aufschwung g'hört dazu, und das find't man höchst selten beisamm; wenigstens, was ich von die Millionär weiß, so führen fast alle aus millionärischer Gewinn-Vermehrungspassion ein so fades trockenes Geschäftsleben, was kaum den blühenden Nahmen „Vegetation" verdient.

BOUTIQUE

Eine schöne Handlung die durch Wechsel floriert, während so manche andre Handlung durch Wechsel falliert.

BROT

Brod is keine Kleinigkeit; der edlere Mensch versteht darunter auch Kälbernes, Gansln, Milirahmstrudl – das Alles nennt der Gebieldete „Brod"; und selbst das Trincken gehört zum Brod, weil es eim sonst in Magen druckt.

BUCHDRUCK

Wenn von Druck die Rede ist, so denckt jeder gleich an Buchdruck, als wenn sonst nichts gedruckt würde auf der Welt. Und es giebt doch so vieln Druck der weit älter ist den Druck der Sclaven, den Druck der Noth, und des Elends, diese Drucke existieren schon um so viel länger als der Buchdruck.

&

Schwarz auf Weiß muß All's seyn, wann's geglaubt werden soll
„Schwarz auf Weiß", nimmt man an als der Wahrheit Simbol
Im Druck wird jed's Blatt schwarz auf Weiß abgezog'n,
Und doch is vom Druckt'n über d'Hälfte erlog'n. –
's Schönste an Buchdruck is, daß nur 's Papir wird gedruckt,
Und 's Papir verdient Druck, denn's is Lumpenproduct;
D'rum freygeb'n d'Hadernausfuhr, das find' ich sehr klug,
Lumpen kann man entbehr'n, Hader bleibt uns noch g'nug. –
's Is nur Ein Druck, der d' Menschheit wahrhaftig beglückt,
Der Druck wann si a Lieb'spaar an 's Herz druckt entzückt;
Schad' nur, daß so viel' Druckfehler g'macht werd'n dabey
Mit dem „d' Unrechte an 's Herz druck'n" is ewig d'Keirey.
Das wär' so a Stoff jetzt, allein ich verschluck's,
's Kennt ja so jeder Mensch die Geschichte des Druck's.

C

CHARAKTER

Ich hab feste Grundsätz, fest bleib ich dabey,
Nur wenn ich ein Geld seh, da änder ich s' glei.

&

Mir war der verlorne Sohn immer verächtlich, aber nicht deßwegen weil er ein Schweinhirt war, sondern weil er wieder nach Haus gekommen ist.

CHOLERIKER

So a Gall hab i g'habt – und mir is die Gall nur g'sund wann ich s' auslass.

D

DAMPFPLAUDEREI

In der Bildergallrie erhebt Einer sein Stimm,
Als wenn der Michl Angelo g'lernt hätt von ihm;
„Höchst gelungen dies Genrebild! Sehen Sie – hier tritt
Das Helldunkel vor aus dem Schmelz-Collorit!
Die Fleischtöne dieses Apollo verbinden
Conturen und Schlagschatten mit Mezzo-Tinten,
Doch die Colonade ist schlecht, völlig schief,
Und die Schäferin dort hat gar kein Perspektiv;"
Da kann man nur sagen: es hat kein Hand und kein Fuß,
's ist a gschwollner Discurs.

DAUER

–.–: Gehn S', Sie sind ein Schwärmer, Sie haben ja völlig mit der Person sterben wollen.

–.–: *Sterben* is keine Kunst, das is in ein Augenblick vorbey, aber ich hab Jahr lang mit ihr *leben* wollen, das is ein anderes Numero!

DENKEN

Ich denke selten, nur wenn man mich bei die Haar dazu zieht, wenn ich aber anfang zu denken, nachher denk ich mir, was ich will.

DESILLUSIONIERUNG

Mein Zukunftstraum is ins Wasser g'fallen, und selbst die anständigsten Ertrinkenden erlauben sich so Strohhalmanklammerungversuche, die aber gleich wieder der solidesten Kirchhofruhe weichen.

DESPERATION

Auf Ehre ich bin so desperat, mit mir erleben s' noch was.

DETERMINATION

„Ort der Bestimmung". Es giebt keinen unbestimmteren Ort, weil uns an jeden Ort nur die Bestimmung führt.

&

–.–: Mancher Mensch is schon zum Nixthun bestimmt.
–.–: Und mancher Mensch zum Nixhaben, das is viel eine wildere Bestimmung.

DICHTER

Auf jeden Schmarrn ein Lobgedicht machen, das muß jetzt jeder Dichter können, sonst is er gfrorn.

&

Wenn ich nur die Dichter, die die Wiesen einen Blumenteppich, die den Rasen rasender Weise ein schwellendes grünes Sammetkissen nennen, – wenn ich nur die a drey Stund lang barfuß herumjagen könnt' in der so vielfältig, und zugleich so einfältig angeverselten Landnatur –! ich gäbet was drum.

&

Ich habe alles selbst gedichtet und mir kommen immer zweyerley Freudenthränen in die Augen so oft ich meine Verse von meiner Tochter declamieren höre, einmahl aus poetischer und hernach wiederum aus naturgesetzlicher Vaterfreude.

DIKTATUR

Das einzige hat das Schicksal vor den irrdischen Tyrannen voraus, daß man drüber schimpfen kann wie man will es nutzt nix, aber man wird zu keiner Verantwortung gezogen.

DILEMMA

Er hat ohnedem immer ein'n Hamur, als wie a Kreutzspinnerin wann g'weißingt wird.

DIPLOMATIE

Das is die unerschöpfliche Diplomaten-Sprach'; so oft s' a altes Recht verdrah'n, erfinden s' einen neuen Ausdruck dafür.

DISKRETION

Dienstleuten muß man nichts anvertrau'n; das sind die Plakate der Herr- und Frau-Geheimnisse, die lebendige Preßfreyheit jeder häuslichen Constitution.

DRAMA, SOZIALES

Da lamentiren die Familien aktweis daher, daß man des Teuxels werden möchte, und um was handelt sich die höchste Ifflandische Verzweiflung? Um 200 Gulden. Wann s' den Bettel im

Parterre zusamm'schießeten und hinaufschickten, so hätt eine jede solche Komödie im ersten Akt schon ein End.

DUMMHEIT

–.–: Brüderliches Warnen, ernste Mahnung, Lehre und Bitte wird ihn auf die Bahn der Vernunft trotz seiner Geistesschwäche leiten.

–.–: Du hättest recht, wenn die Dummheit eine Geistesschwäche wäre, leider ist sie aber eine furchtbare Stärke, sie ist ein Fels, der unerschüttert dasteht, wenn auch ein Meer von Vernunft ihm seine Wogen an die Stirne schleudert. *Leichtsinn* wurde schon oft von dem sanften Hauche der Liebe öfter noch von dem rauhen Sturmwind der Erfahrung verscheucht, selbst das *Laster* ist nicht selten vor dem Licht der bessern Überzeugung geflohen, nur *die Dummheit* hat sich hinter ein festes Bollwerk von Eigensinn verschanzt, pflanzt beim Angriff noch die spitzen Pallisaden der Bosheit darauf und steht so unbesiegbar da. Traurig aber wahr ist das Sprichwort: Gegen Dummheit kämpfen Götter selbst vergebens! und du Sterblicher willst diesen Riesenkampf beginnen?

&

Wenn die Dummheit in der Regel mehr Glück als die Weisheit hat, so is es eigentlich schon eine halbete Dummheit, wenn man nach Weisheit trachtet. Und wie oft hat der G'scheidte Momente, wo er sich wünscht recht dumm zu seyn; der Dumme hingegen wünscht sich nie g'scheidt zu seyn, er glaubt's ohnedem daß er's is, und in dieser Leichtgläubigkeit liegt schon eine Art von Glückseeligkeit, während dem das viel Wissen zu gar nix is, als daß es einem Kopfweh macht.

&

Die Schlechtigkeit liegt immer schon in letzten Zügen, wenn sie sich mit der Dummheit alliiert.

E

EDELMUT

Selbstaufopferung war stets meine force –

EGOISMUS

Die Lieb is der Punct, wo sich auch die Egoisten dann und wann vergessen.

&

Giebt's denn eine Lieb, die ganz ohne Eigennutz is? Der sentimentalste Jüngling muß oft sein schlankesten Gehrock versetzen, damit er die uneigennüzige G'spusinn auf'n Saal führen kann.

EHE

–.–: Eh'stand? Das is, glaub' ich, wenn man heurath? Darüber existieren so viele Beschreibungen, so viele Sagen der Vorzeit und Memoiren der Gegenwart, was soll ich da Neues finden?

–.–: Treffe nur eine originelle Wahl.

–.–: Eine originelle Wahl –? Wie is das möglich? Wähl' ich vernünftig, so haben schon Hunderte so gewählt, und wähl' ich dumm, so haben schon Millionen Leut' so gewählt.

&

Beim Tarock kann ich doch was gwinnen, wenn ich einige Ultimo mach, aber was wär denn beim Ehstand z' gwinnen, wo man in Voraus weiß, daß 's Weib allweil „contra" sagt, und hat man die Courage und sagt „re,", so denkt sich 's Weib: du sagst mir lang gut *„re,"* du *Hirsch!* und man is erst recht verloren.

&

Der Ehstand verwandelt die Feenhafte Villa des Ideals in einen ergiebigen Mayerhof.

&

Man macht dadurch überhaupt dem Ehstand ein sehr schlechtes Compliment, daß man nur immer die verstorbenen Männer, die ihn schon überstanden haben „die seeligen“ heißt.

EHESCHEIDUNG

Scheidung heißt das kleine und doch so große Wort, das dir mehr als Millionen, das dir deine Freyheit wiedergiebt.

&

Unüberwindliche Abneigung, seinerseitige Grantigkeit, Z'widrigkeit, Secatur, – an Scheidungsgründen fehlt's nie, wenn nur der gute Will'n da is.

EHESTREIT

Will man, daß zwei Ehleut einen Streit anbandeln,
Muß man sich zuerst in einen Verführer verwandeln.

&

O, Kämpfe wird es schon geben in unserer Liebe, aber wie doppelt seelig, wenn wir uns dann Versöhnung zulächeln, Jedes mit ein'n Kraller in G'sicht und a Paar zwickte blaue Fleck!

EHEVERSPRECHEN

Was is ein Eh'versprechen? ein Versprechen von dem sich a g'scheidt's Madl eh' nicht viel verspricht. Heurathen muß man prima furia, es muß der Labetrunck seyn, den man im ersten Durst auf den heißen Stein der Liebe schütt. Wie's nicht auf ein'n Zug geht, so merkt man's, daß man in d'Hitz trinkt, und laßt sich Zeit bis die ganze G'schicht' abg'standen is.

&

Wenn ein jedes Stubenmädl dem schon 's Heurathen versprochen worden ist, sich zu Tod kränncket, da wüßt man ja gar nicht, wo man ein Dienstbothen hernehmen sollt.

EHRE

Die Ehre ist die feine Wäsche, in welche sich die Seele des Gebildeten kleidet, drum muß so eine Ehre auch fleißig gewaschen werden, das geht aber nicht mit Wasser und Seife, nur mit dem Blute des Beleidigers wascht man die Ehre rein.

&

In der Stadt kann's nicht schwer sein, eine Ehr aufz'heben, weil so viel herumgeworffen wird mit der Ehr.

EHRGEIZ

Ich hab keinen Ehrgeitz, ausser dem, den Rang eines rechtschaffenen Mannes zu behaupten, und in der Branche sind so viele Stellen vacant, daß einem das Bisserl Concurrenz gar nicht geniert.

EIFERSUCHT

„Fesch“, das is die wahre Folterbanck für ein'n Gemahl. Eine Treulose kann man fliehen, eine Häuchlerin kann man entlarven, eine Meineidige kann man morden – aber was fangt man mit einer Feschen an?!

EIGENTUM

Ist der Mann nicht vorlaut, wenn er das Weib seine Angehörige nennt?

&

–.–: Einen andern Diebstahl zeigt man an.

–.–: Bey der Frauenentwendung blammiert man sich, wenn man ein G'schrey macht.

&

Sie sind zu alt zum Rinaldini, streichen Sie also den Grundsatz – „was nicht Dein g'hört, das lass' lieg'n“ – nicht voreilig weg aus Ihrem Finanzsystem.

&

Fremdes Eigentum behalt't der anständige Mensch nie für sich, mit Ausnahme der Bücher, die kriegt man auch von die ordentlichsten Leut nie zurück.

&

Hab ich mein Wort gegeben, so kann ich es auch zurücknehmen; denn es ist *mein* Wort, ich bin Herr darüber, oder glaubt ihr, ich werde euretwegen der Sklave meines Wortes sein?

EINMALIGKEIT

Ich hab die Spiegeln abg'schafft, weil sie die Frechheit haben, mein G'sicht, was einzig in seiner Art is, zu verdoppeln.

&

Die einzigen Wesen sind eine Einbieldung, die tägliche Erfahrung zeigt, daß unser Herrgott die Menschen Dutzendweis' erschafft.

EINST

–.–: Mit dem redlichsten Fleiße will ich zu erwerben suchen, um Sie einst zu bezahlen.

–.–: Einst? bis wann ist das? den Termin kennt ein Geschäftsmann nicht. Zwischen Jetzt und Einst ist eine Kluft die man mit reichlichen Intressen ausfüllen muß, wenn man freyen Fußes mit seiner Schuld hinüber wandern will.

EISENBAHN

Göttliche Eisenbahn, du hast das Sprichwort – „Das geht auf der Extrapost“ zu Schanden g'macht.

&

Jeder Mensch is von der Eisenbahn, denn Jedem zeichnet das eiserne Schiksal seine Bahn.

EITELKEIT

Kein Tag, wo ich mich nicht in den Spiegel schau', mir wäre gewiß nichts entgangen, aber da kann man nur sagen, ewige Frische, unverwelkliche Blüthe, lebendiges Pasquil auf den Zahn der Zeit.

ELASTIZITÄT

Gewissen der elastischeste Stoff, heut' kann man's kaum über Maulwurfshügel spannen, Morgen deckt man Berge damit zu.

&

Das Eheband is das kürzeste an Raum, das längste in der Zeit.

ELEKTRIZITÄT

Überhaupt warum sollt' ich gerade *ihren* Ernst von der ernsthaften Seite nehmen? – Der Ernst hat eine feyerliche Seite eine schauerliche Seite, überhaupt viele sehr ernsthafte Seiten; aber ein electrisches Fleckerl hat er doch immer, und da fahren bey der gehörigen Reibung die Funken der Heiterkeit heraus.

EMIGRATION

Tausend Meilen weit reisen, um für die hiesigen Kummer und Sorgen echten Jammer und Verzweiflung z' finden – das heißt auswandern.

ENTWICKLUNG

Ich hab einmal einen alten Isabellenschimmel an ein'n Ziegelwagen gsehn, seitdem bring ich die Zukunft gar nicht mehr ausn Sinn.

ERBEN

Meiner Seel, wenn ich noch mahl stirb, so vermach' ich Alles dem Taubstummen-Institut, *diese* Erben können mir doch nix nachreden.

ERBRECHT

Prozesse sind die Blumen, die am üppigsten auf den Gräbern reicher Leute blüh'n.

ERDE

–.–: Was ist die Erde?
–.–: Ein Himmelskörper, auf dem die Unglücklichen ein höllisches Leben haben.

&

Die Welt scheint sehr glatt, wenn man sie auf lackierten Wagenrädern befahrt, die Welt scheint nicht uneben, wenn man sie mit guten Stiefeln betritt, aber wie fürchterlich rauh die Welt ist, das kann nur der beurtheilen, der bisweilen barfuß auf ihr herumspaziert.

&

Die ganze Welt is ein Fußboden.

EROS

Sie haben eine locale Mundart, und Localität zerstört jede Poesie. Amor war kein Stockerauer.

ERZIEHUNG

Wennst mir mitn Fürchten nicht aufhörst, so schick ich den Schwarzen über dich, mitn großen Sack, da steckt er dich hinein, und tragt dich in Wald hinaus.

ETYMOLOGIE

Aedificia, Gebäude. Da fällt mir eben wieder die Sprachverwandtschaft dieser beyden Worte auf, das Wort Gebäude stammt offenbar aus dem Lateinischen, aedificium, gedibicium, gedibäudium, Gedibeidi, Gebäude. So leiten sich unsere meisten Worte von den Römern ab.

EVOLUTION

Ich hätt' soll'n gar nie in die Wirklichkeit kommen; so lang ich noch ein Traum meines Vaters, eine Idee meiner Mutter war, da kann ich recht eine charmante Idee gewesen seyn, aber so viele herrliche Ideen haben das, wie s' in's Leben treten, wachsen sie sich miserabel aus.

EWIGKEIT

Die kürzeste Straf in der Höll is auf ewig.

EXALTATION

Warum soll der im Reich' der Träume Zuhausige nicht auch seine Muttersprach', das Überspannte, reden?

F

FAMILIE

Der Grundton in der Harmonie der Häuslichkeit muß immer das Kindergeschrey seyn, sonst geht die wichtigste Stimme ab.

&

Schuldenarrest is eine Daumschraube, die der Gläubiger nicht dem Schuldner, sondern dessen Angehörigen anlegen läßt; so eine orientalische Manier g'hört sich gar nicht für das humane Europa.

FATALISMUS

Reich oder arm, das Schicksal findt bey jedem Menschen das Fleckel heraus, wo er kitzlich ist.

FAULHEIT

Mein' Uhr geht schon wieder nit; 's is eine rechte Faulheit von der Uhr, sie ist ganz verwöhnt von die kommoden Täg, wo s' in Versatzamt war.

FORMALISMUS

Wo die Form herrscht, wird das Gefühl in den Staub getreten.

FORTSCHRITT

Der Fortschritt is halt wie ein neuentdecktes Land: ein blühendes Kolonial-Sistem an der Küste, das Innere noch Wildniß, Steppe, Prairie. Ueberhaupt hat der Fortschritt das an sich, daß er viel größer ausschaut, als er wirklich ist.

&

In meiner Jugend haben uns die Götzenpriester g'lernt, das Donnern bedeut't, daß s' im Himmel Kegel scheiben; unsere Gelehrten aber sagen, da müßte man auch dann und wann bey „Alle Neune" das Juchezen hören, da aber das nicht der Fall is, so ist die alte Theorie durch den Fortschritt in der Wissenschaft geschlagen.

FOTOGRAFIE

Ja, das Frauen Stundenlang scharf anschaun hat schon manchen Portraitmaler verblendt, da haben's die Daguerretypirer bei weitem nicht so gefährlich, da is Alles in fünf Minuten vorbei, –

FRAU
s. GATTIN
s. WITWE

Die Nerven von Spinnengeweb', d' Herzen von Wachs und d' Köpferl von Eisen, das is ja der Grundriß der weiblichen Structur.

&

Ja Weiberschönheit, is wohl recht eine schöne Schönheit, aber nix auf die Dauer.

&

–.–: Es is was Traurig's auf der Welt ohne Frau!
–.–: Ich hab einen Ehmann gekannt, der hat das Gegentheil behaupt't.

&

Es is a Kreutz mit euch Frauensleut', wenns alt seyds, red'ts zu viel, und wenns jung seyds, verschweigts eim z' viel.

&

Sie würden mich minder hart beurtheilen, wollten Sie erwägen, daß eine schutzlose Frau einer Taube gleicht, die in ängstlicher Ungewißheit über dem weiten Meere des Lebens flattert.

&

Schätzen kann sich ein Frauenzimmer so hoch sie will, aber es soll keine vergessen, daß sie drei Termine hat, den Termin der Jugend, den Termin der Hübschigkeit, welcher sich noch etwas über die Jugend hinaus terminiert, und den Termin des Altwerdens; geht sie bei die ersten zwei Termine nicht ab, so wird sie beim dritten unter dem Schätzungswerte hintangegeben.

&

So a alt's Weib giebt doch für zehn Teufeln aus!

FREILUFTBÜHNE (ARENA)

Sch: Junger Herr, mir scheint, Sie wissen nicht, was eine Arena is; Arena ist die Vermählung der Kunst mit der Natur.

C: Arena ist der plumpe Finger, mit welchem man der dramatischen Kunst den Nimbus abstreift, wie vom Schmetterlings-Flügel den Farbenschmelz.

D: Arena heißt auf Deutsch Sand.

Sch: Und Sand ist ein curioses Kunstelement.

C: Allerdings zum in die Augen streuen.

Sch: Is g'scheiter als ein Bretter-Podium; warum soll die Kunst immer auf'n Holzweg gehn?

C: Schon die Tageshelle ist die Mörderin jeder Illusion.

D: Ein fester Künstler, der sicher is, daß er nit abbrennt, der stellt sich auch in die Sonn'.

Sch: Nur gewisse Künstlerinnen, in gewissen Jahren scheuen sich vor der Arena, wegen gewisse Teintfehler, die s' beym Tageslicht nicht mit Wienerweiß so überhiaseln können, wie beym Lampenlicht.

C: Aber kommt es Ihnen denn nicht selbst lächerlich vor wenn Einer sagt: „Ha, wie erdrückt mich die dumpfe Kerkernacht!“ – und dabey mit den Augen blinzelt, weil ihm die Sonne auf die Nase scheint? – oder wenn Damen im Blaffondlosen Salon sitzen, und ein kalter Herbstwind weht ihnen welcke Blätter in die Gockscheitel-Coiffure? – oder wenn ein Intrigant im July um 5 Uhr Nachmittag mit brennender Kerze das geheime Gemach durchschreitet – „Wo find'ich denn die Dokumente? – ha – Geräusch – man kommt“ – Das Licht entfällt ihm, er tappt herum – „Verdammt, ich kann den Ausgang nicht finden in der Dunkelheit“ – Wie kann man Kunst und Künstler so rücksichtslos der Verhöhnung preisgeben?

Sch: Ich bitt' Ihnen, zu was hätt' denn das Gesammt-Publicum, so wie jeder einzelne Publicus seine Fantasie?

C: Ich fühlte mich immer zum Mitleid angeregt, beym Anblick der Obdachlosen Kunst.

Sch: Lächerlich –

D: Die Kunst is ein G'schäft und grad' bey die großartigsten Geschäft' is man meistens nicht gedeckt.

Sch: Mein Geschäft is auch in der Arena gedeckt, gedeckt durch Zwey eminente Talente; das eine is meine Nichte, ein Geschöpf, begabt mit jeder Begabung, ein Geschöpf –

D: Mädchen? Frau? Wittib?

Sch: Bei ihrer Kunsthöhe werden so unbedeutende Distinctionen nicht berücksichtigt, da sagt man nur „Geschöpf“ –

C: Und die andere Kunstgröße?

Sch: Bin ich selbst.

C: Ihrem Äußer'n nach, zweifle ich nicht im Geringsten, daß Sie im Komischen ganz köstlich sind.

Sch: Komisch? No, da kummeten S' mir z'recht – ich spiele „König Philippe“, „Belisare“, „Scheylöcke“, „alte Mööre“ –

C: Im Hungerthurme müssen Sie sich gut ausnehmen.

Sch: Auch meine Würmer seyn nicht schlecht, der Wurm in

„Cabale und Liebe“ ist mir besonders gelungen. Und an meinem „Don Valeros“ kann Jeder lernen –

C: Es giebt nichts Lehrreicheres als abschreckende Beyspiele.

FREMDWORT

–.–: Ich bin so angegriffen so affictiert.

–.–: Afficiert.

–.–: Das wird doch kein großer Unterschied seyn.

FREUNDSCHAFT

Ich hab einmahl einen Freund g'habt, und seitdem hab ich gar keinen Abscheu mehr vor die Feind'.

FRUCHTBARKEIT

Keinen fruchtbarern Boden giebt's in der Welt, als das menschliche Herz; wenn man den Samen des Argwohns hinein streut, das schlägt Wurzel, und wächst und schießt.

FRUSTRATION

Können Sie es fassen, was das seyn müßt für ein zärtliches Weib, wenn sie sich ergehen will in den Gefielden trauter Mittheilung, und an die stillen Räume des ihr angetrauten Herzens pocht, und ein hohler Schall erwiedert ihr: „Niemst z' Haus!“ –? wie das seyn müßt, wenn sie a Stund lang die Sprache des Herzens spricht, und der Altarverbund'ne sagt drauf: „Nix deutsch!“

FUTUROLOGIE

Die Zukunft is die neue Welt, in die der Mensch seine Entdekkungsreisen macht, wier sind zwey Ferdinand Cortezer, Herz und Kassa unserer Auserkorenen sind das Mexico, was wier erobern soll'n.

&

Warum soll die Gegenwart dem ihre Blicke schenken, der immer mit der Zukunft kokettirt?

G

GAST

Nein, wenn die Gäst wüßten, wie z'wieder sie einem oft sind, es ließ sich gar kein Mensch mehr einladen auf der Welt.

GASTHAUS

Der Ruf eines Gasthauses ist in der Heiklichkeit das nächste an dem Ruf einer Jungfrau, und der Unterschied is nur der, ein Gasthaus kommt in ein schlechts Renommee wenn man mehrere hinauswerfen, und eine Jungfrau wenn man mehrere hineingehn sieht.

GASTRONOM

Wenn ich in der Fruh meinen Wein wassern thu, so ist mein Geschäft für den ganzen Tag gethan, denn die weitern Intrigen mit'n z'wenig einschencken, und z'viel anrechnen bey der Zech', die sind zu kleinlich für mich, die überlass' ich dem Kellner.

GASTRONOMIE

Kellner: Ich zapf an, was der Wirt, und schenk ein, was die Gäst schaffen.
Wirt: Das ist aber nicht das wahre. Schafft ein Gast ein Guldenwein, so giebt man ihm'n, er ist schlecht gnug; schafft er ein Seidlthaler an, so soll er seinen Gusto büßen, er zahlt den Guldenwein um das theurer und dafür schmeckt er ihm besser, für das hat der Gast seine Einbildungskraft.

GATTIN

Das is die Gattin meiner Wahl. Das heißt gewesen! jetzt nehmet ich s' nicht mehr.

&

Die Meinige hat ganz den Character, als wie eine die hoch oben aus will – *(für sich)* beym Rauchfang auf'n Besen.

GEBURTENREGELUNG

Und die merkwürdige Ironie, daß man die Neugebornen in Körbe legt, als ob man den Ältern vorrupfen wollt' hätt's eins dem andern ein Korb gegeben, so hättet's den Sterz' nicht auf'n Hals.

GEDULD

Übrigens, wenn sie nicht bald kommt, so weiß ich, was ich thu'; da wart' ich noch länger.

GEFAHR

Die Gefahr is ja der Schneider, der der Liebe das poetische Ballkleid macht, im prosaischen Schlafrock der Alltäglichkeit nimmt sich diese Himmelstochter miserabel aus.

&

Nur bey der Linie der Gefahr kommt man hinaus in's Freye des Vergnügens, wer sich scheut diese Linie zu passieren, der bleibt ewig in der staubigen Vorstadt der Langweiligkeit hocken.

&

Die Gefahr is das Meer aus dessen Grund man sich die Perl des Glückes heraufhohlen muß, bey die Standln wo s' die sechskreutzer Ringeln verkauffen, kriegt man s' nicht.

GEFALLEN

–.–: Der Direktor will, daß seine Schauspieler dem Publikum gefallen.

–.–: Gefallen soll ich auch noch? Um dreißig Gulden Gage? Ich dank, einen Gulden 's Tags braucht der Mensch zum leben, und leben muß jeder Mensch; wenn nur die Menschen leben sollten, die den Leuten gfallen, da schauet's schütter aus.

GEHEIMNIS

Das is das Räthsel was täglich hunderttausendmahl aufgegeben und das so selten errathen wird, „Will der nix mercken, oder is er wircklich so dumm, daß er nix merckt?"

GEHORSAM

–.–: Und der Herr Papa –

–.–: Findet diese Parthie des Geldes wegen sehr vortheilhaft, und da ich für Niemanden eine besondere Inclination fühle, so ist es besser, ich nehme einen Reichen, natürlich, und ich finde keinen Grund, warum ich meinem Vater ungehorsam seyn sollt'.

&

Mein Papa is wohl ein Bissel eigensinnig, aber das scheitert alles an meinem Gehorsam.

GEIST

–.–: Sie wissen, ich sehe nur auf den Geist.

–.–: Als solcher werd' ich Sie noch erscheinen auf schaudröse Weise, das Bisgen Körper ist bald abgestreift.

–.–: Wohl, ohne Geld is alles umsonst.
–.–: Jetzt habn S' wieder was Dummes geredt, ohne Geld merkt man erst recht, daß gar nix umsonst is.

&

–.–: Die Macht des Geldes –
–.–: Ist nichts, aber die Macht des Keingeldes ist furchtbar! Kein Geld haben zwingt zu Allem.

&

Zwischen Auskommen und Einkommen is es schwer das gehörige Verhältniß herzustellen, denn 's Geld kommt auf schwerfällige Podagrafüß herein, und fliegt auf leichten Zephirflügeln hinaus.

&

Die Kranken geben bei weitem nicht so viel Geld aus, um gsund, als die Gsunden, um krank zu werden.

&

Ich stehl kein Geld, denn ich bin ein ehrlicher Mann, doch das wäre das geringste, aber ich fürchtet' mich schon vorn Erwischtwerden zu starck; das ist bey mir die Hauptsach.

&

–.–: Nach was forscht denn der Herr jetzt?
–.–: Nach Wahrheit, das heißt nach Geld! Denn Geld ist Wahrheit, da es sich nur dort zeigt wo es wirklich ist.

&

Das Geld erscheint den Menschen nur in drei Gestalten. In der Gestalt als viel, in der Gestalt als wenig, oder in der Gestalt als gar nicht.

GELEGENHEIT

Die Gelegenheit hat das Lehrbubenartige, daß man sie beym Schopf fassen muß.

GENÜGSAMKEIT

Freund, 's Herz is wie der Magen – wenn man lang nicht geliebt hat, so is es grad, als wie wenn man lang nix gegessen hat, man is bald mit was zufrieden.

GERECHTIGKEIT

Und die Gerechtigkeit muß ex officio stockblind seyn. Die Allegorienerfinder haben ihr die Augen verbunden, warum? damit sie nicht sieht, wohin sich die Waagschale neigt, und rein thun kann was sie will.

GERÜCHT

Das Licht hat die größte Gschwindigkeit in der ganzen Natur, drum hat auch das üble Licht, was auf ein Wesen fallt, so eine schnelle Verbreitung.

&

O, nein! ich glaub' nix auf's Wort. Überzeugung is meine Parol'.

GESCHICHTE

Die Weltgeschichte theilt man ein in die alte und in die neue; beyde unterscheiden sich wesentlich von einander. Wien zum Beyspiel war vor 2000 Jahren eine kleine römische Stadt, hatte wohl römische Kultur aber noch keine Vorstädte; Spittelberg, Lichtenthal, Hundsthurm und Lerchenfeld wurden erst in den Zeiten der Aufklärung hinzugebaut – In der alten Geschichte hat Wien Vindobona geheißen, und Vasen und Urnen hat es in

Überfluß gegeben, in der neuen Geschichte heißt es Wien, und Heferln Reindln und Schaffeln werden auf'n Stephansplatz verkauft. In noch älterer Zeit war Wien ein Wald und wahrscheinlich zur Gedächtnißfeyer wird noch jetzt in der Kär[n]thnerstraßen Holz gehackt. Überhaupt haben sich die Zeiten sehr geändert. In der alten Zeit hat es Römer und Griechen gegeben, in der neuen Zeit haben wir Salamimänner und Ratzen. In der alten Zeit hat es trojanische punische und andere Kriege gegeben, an denen jeder ehrenwerthe Staatsbürger Theil nehmen mußte, in der neuen Zeit haben sie Federkriege in die sich kein honetter Mensch einlassen kann. Warum aber diese neue Zeit, die Zeit des Fortschrittes genannt wird, das is die einzige Frag, wo ich keine Antwort drauf weiß.

GEWISSEN

An der Hauptmauth des guten Gewissens wird das reine Bewußtseyn zum breitschultrigen Träger der schwersten Verfolgungslast.

GLAUBE

Man glaubt nicht was jeder Mensch glaubt, was er für ein Mensch is.

GLÜCK

Schau s' nur an beim Gypsmann so a Fortuna, die hohle Kugel, über der sie schwebt, is das Sinnbild von ihre Favoritköpf.

&

Denck nur, du bist aus ein'n guten Haus, du kannst Eine kriegen mit ein' Haus, das is hernach ein häusliches Glück.

&

Wenn einer ein Mädl sitzen laßt, so sagt man, er hat s' unglücklich gemacht, wenn einer ein Mädl heurath, so sagt man, er hat s' glücklich gemacht.

GLÜCKSSPIEL

Ich hab auch einmahl g'spielt, sehr starck, wie ich noch kein Geld hab' g'habt. Jetzt aber, seitdem ich was hab', is mir das Geld eine viel zu ernsthafte Sache, als daß ich d'rum spielen könnt'.

GROSSMUT

Es gibt Fälle, wo wier auch unverkennbare Züge von Großmuth entwickeln. Wier haben zum Beyspiel a sekante Frau, die uns nicht a Stund ein Ruh giebt, und wier wünschen ihr dafür die ewige Ruh; wenn das nicht großmüthig is nacher weiß ich's nit.

H

HALTUNG

Glaub' mir, es is eine Aufgab', auswendige Polar-Kälte bey innerem Sirocco zu erkünsteln, ruhigen Anstand im Äußer'n, während das Innere sich umwälzt.

HANDEL

Vor dem Handelsstand kriegt man erst den wahren Respect, wenn man zwischen Handelsstand und Menschheit überhaupt eine Bilanz zieht. Schaun wier aufn Handelsstand, wie viel gibt's da Großhandlungen, und schaun wier auf die Menschheit, wie wenig große Handlungen kommen da vor; schaun wier aufn Handelsstand vorzüglich in der Stadt, diese Menge wunderschöne Handlungen, und schaun wier auf d'Menschheit, wie wenig wahrhaft schöne Handlungen gibt's da; – schaun wier au'm Handelsstand, diese vielen Galanterie-Handlungen, und schaun wir auf d'Menschheit, wie handeln s' da oft ohne alle Galanterie, wie wird namentlich der zarte, gefühlvolle, auf Galanterie Anspruch machende Theil, von dem gebildetseynsollenden, spornbegabten, cigarrosuzelnden, roßstreichelnden, jagdhundcagiolierenden Theil so ganz ohne Galanterie behandelt.

HANDGREIFLICHKEITEN

Es is so edel, wenn man seine Hand einem Menschen in die Hand legt, dem man s' von Rechtswegen in's Gesicht legen sollt'.

&

Diese Fäust' sind Dietrich genug, um einem die Pforten der Ewigkeit aufzusperren.

HASS

Gibt's eine kommodere Gelegenheit, eine Verhaßte unglücklich zu machen, als wenn man s' heirat't?

HEDONISMUS

Ich habe nur Einen Grundsatz, und das ist der, gar keine Grundsätze zu haben. Grundsätze sind enge Kleidungsstücke, die einen bey jeder freyen Bewegung genieren. Was mich freut, das thu ich, was mich unterhält, das such ich, was mir gefällt, das lieb ich. Ich bin mein eigener Herr.

HEIRAT

Über kein Thema existiren so viele Variationen, als übers Heirathen, aber noch so künstlich variirt, die uralte Fischkraten-

Melodie is nirgends zu verkennen, 's Heirathen is offenbar keine Kunst, denn es kommt sogar bei die Wilden vor, und damit uns das recht augenscheinlich wird, heirathen selbst in Europa viele Wilde, wenn s' nur a schönes Geld haben. Und doch ist es gut, daß es nicht abkommt. Im Mittelalter hat man ein Leben reich an Thaten, und noch reicher an Unthaten, unter andern auch als Einsiedler abgebüßt; jetzt hat man bloß die Zweisiedelei des Ehstands, um Jugendthorheiten abzubüßen. Curios, daß die Natur sich drinn gfallt, so ungleiche Geschwisterpaare zu erzeugen, wie z. B. der angenehme Jüngling „Schlaf“ einen fatalen Bruder, den „Tod“ hat, so hat die reizende Zauberin „Liebe“ eine etwas langweilige Schwester die „Ehe.“ Die Liebe kommt mir vor, als wie eine Hausunterhaltung, die sich ganz unverhofft gestaltet, das sind immer die schönsten. Der Ehstand hingegen is als wie eine Landparthie, wo man sich eine Menge vornimmt, wie unendlich man sich unterhalten will, da wird meistens nix draus, allerhand Verdruß und ein rechts Wetter sind, so wie das Landparthieliche, auch das ehständliche Facit. – Bei der Lieb is das Schöne, man kann aufhören zu lieben, wenn's ein'm nicht mehr gfreut, aber bei der Ehe! das Bewußtsein: Du mußt jetzt allweil verheirath't sein, schon das bringt Einen um. Ich weiß, wie das Ganze entstanden is; die Schöpfung hat sich einmal im Dramatischen versucht, und hat eine Komödie verfaßt „die Liebe,“ und das Stück is halt so gut ausgfallen, allgemeiner Beifall und Andrang – da hat dann die succesverblendete Schöpfung einen zweiten Theil drauf gmacht „die Ehe,“ und wie's schon geht bei die zweiten Theil, es is nicht mehr das Interesse. Und wenn man die dramatischen Mittel dieser beiden Theile vergleicht, – grad wie bei gute und matte Komödien. Bei der Liebe nur 2 Personen, selbst die noch dabei sein könnten, sucht man zu vermeiden, ein leichter, gefälliger Dialog, Dekorationen: eine Laube, a Stiegen, a Strohdach, Alles gut genug. – Bei der Ehe hingegen das Personal: A Frau, a Stubenmädel, a Köchin, a Bedienter, a Chevalier, oder auch mehrere Chevaliers, und Kinder und

Statisten, die d'Frau angaffen, wenn s' sauber is; und die Dekorationen: ein Salon, eine Promenad, ein Ballsaal – und die Garderob! und dabei eine schieferige, geschraubte, oft auch sehr ordinäre Sprache – nein, es is nix mit die zweiten Theil!

&

Ich werd mich jetzt auf den Ehstand verlegen, und dabey allen Anforderungen in Geschmacks-Verschiedenheit der Ästhetik entsprechen, meine Auserwählte is nähmlich reich, und dabey nicht ohne Unliebenswürdigkeit, ich schließe also eine Vernunftheurath, eine Geldheurath und zugleich eine Heurath aus Inclination, weil ich eine unendliche Inclination zum Geld hab. Der Klang von 30.000 Gulden, das sind die lockenden Töne, die einem vor dem Hymentempel zurufen, „Belieben Sie hereinzuspazieren, es wird gleich anfangen." Freilich, „Geld macht nicht glücklich", sagt ein Philosoph, der Gott danckt hätt', wenn ihm wer ein's gliehen hätt, von dieser Weisheit kann ich keinen Gebrauch machen, wenn ich aber einmahl der Meinigen das Ihrige durchgebracht hab, und sie drüber in Ohnmacht fallen sollte, dann will ich ihr diese geistreiche Sentenz als Rauberessig unter d' Nasen halten.

&

Wenn ein Heurathsplan noch so gut abgeknetet ist, ohne Liebesglut wird er ewig unausgebacken bleiben.

&

Die Lieb is a Spagat, der die *Herzen*, der Ehstand ein Strick, der die *Händ* zusammbindt. Der Spagat, der läßt sich noch zerreißen, aber der Strick – nein, nein! – da soll sich eher die schiefrige Rebschnur meines Alters um den einschichtigen Spuln der Junggsellenschaft wickeln, eh mich in einer unüberlegten Heirath das Schiffseil der Desperation festhält.

&

Ja beim Heirathen muß man nit voreilig seyn, das Geld, was

man auf die Hochzeit ausgiebt ist sehr häufig die erste Einzahlung in die wechselseitige Lebensverbitterungs-Anstalt.

&

Ja, mit die Heurathen geht's oft wie beym Krapfen bachen, man nimmt alles Mögliche dazu, und sie g'rathen doch nicht.

&

's Sitzenlassen is immer billiger als 's Heirathen.

HERALDIK

Ich weiß, daß das weibliche Herz als Feind der Wapenkunde, gerade die jungen Emporkömmlinge im Leidenschaftsvolk protegiert, daß an Amors Hof' gerade *die* Gefühle am courfähigsten sind, die wenig oder keine Vorfahren haben, – ich weiß auch daß die Lieb' eine Nachtigall is, die am liebsten und am reitzendsten im duncklen Laub des Verbothes schlagt, selten an der schattenlosen Commerzialstraßen der Pflicht –

HERRENMODE

Seit dem üppigen Gedeih'n der festgeschnallten Cravatte, die jede Ungebundenheit erwürgte, muß der Genie-Mensch accurat so allen Convenienz- und Anstandsformen fröhnen, als ob er zur Geckenrace gehörte, zu jener Wesengattung, die mit einem frisierten Schopf anfangt, und nach fünfschuhlanger geschniegelter Nichtigkeit sich in Zwey Sporn verliert.

HOCHMUT

Einen Gang hat s', als wie eine Prozession, die aus einer einzigen Person besteht.

HOCHZEIT

Ich bin immer gern bey Hochzeiten, schon das Bewußtseyn, daß es nicht die meinige ist, macht, daß sich die Brust froh und frey erhebt.

&

Hochzeit is was Lustiges, und ich bin jetzt einer von die ersten Misanthropen; schad', daß die Charge nicht besoldet wird, sonst hätt' ich a Viechbesoldung!

&

Diese an einen Liebesbund geknüpfte Öffentlichkeit, dieser Anschlagzettel der süßesten Geheimnisse, diese unstatthafte Schaustellung einer Blume, welcher die Grabschrift angeheftet, verletzt das Gefühl, ich finde etwas Beschimpfendes in dieser mit dem Nahmen „Hochzeit" bekleideten officiellen Orgie der Liebe.

HOFFNUNG

–.–: Also haben Sie doch Hoffnung für die Zukunft?
–.–: Das wohl, aber die Zukunft is noch nicht da, und wie hinüberkommen in die Zukunft? ohne Essen kommt man nicht durch die Gegenwart.

HUNGER

–.–: Du hast allweil's Essen in Kopf.
–.–: Freylich hab ich's in Kopf, aber warum? Weil ich's nit in Magen hab'.

&

–.–: Schickt der Himmel 's Haserl, so schickt er auch 's Graserl.
–.–: Mit dem Speiszettel sind schon manchsmahl Ältern und Kinder hungrich in's Bett.

HYPOCHONDRIE

Mich beutelt was, und weil ich allein bin, so kann's nur das Fieber seyn.

I

IDENTITÄT

Ich möcht' mich einmahl mit mir selbst zusammenhetzen nur um zu sehen, wer der Stärckere is, ich oder ich.

&

–.–: Geh' in dich –!
–.–: Ich habe Ihnen eben gesagt, wie es in mir aussieht.
–.–: Ah, dann gehe nicht in dich, aber geh in die Kreise denen du angehörst.

ILLUSIONEN

Mancher fahrt in ein' Lehnwag'n und bild't sich fest ein,
Daß d'Leut glaub'n, d'Equipage, die g'hört sein;
Mancher Sänger halt't sich für ein' echten Tenor,
Singt aber den Leuten im Falsett alles vor;
Mancher sagt: „Ich bin Hausherr!", 's is nur a leer's G'schwätz,
Schaut man nur ins Grundbuch, is's Haus voller Sätz';
Mancher baut sich a Haus um viel tausend Guld'n Münz',
Dreißig Jahr' g'hört dem Baumeister aber der Zins.
Ich sag's, 's kann nix G'spaßigers geb'n,
Als wenn d'Leut' in der Einbildung leb'n.

&

In einem Luftschloß hat selbst die Hausmeister-Wohnung eine paradiesische Aussicht.

ILLUSTRIERTE

Wie kann der Mensch noch Bücher kaufen, seitdem die Illustrierte existiert?

IMMOBILIEN

Hausherrn haben noch selten hoffnungslos geliebt.

&

Wenn ich auf ein Baum steig, so hab ich nix zu suchen herunt auf der Erd.

INDUSTRIELLER

Ich beweg' mich ja in dem was unser Jahrhundert bewegt, in der Industrie. Meine Aussicht hat festen reellen Grund, ist keine Fata Morgana, die so oft dem Virtuosen, dem Künstler Eldorado-Luftspieglungen vormacht; den Industriellen braucht die Menschheit, die pfiffig genug is, in dem größten Künstler doch nur immer einen berühmten Unnützen zu seh'n. So zweifelhaft daher des Künstlers Durchdringen is, so gewiß hat's der Industrielle – er kann im industriellen Jahrhundert nicht verkümmern.

INGENIEUR

Ich hab' ja alle Zweige der Industrie studiert, ich hab' neue Mittel der Fabrikation und des Handels ersonnen, ich hab' die Möglichkeit aufgefunden, unbeschadet der Revenue des Herrn, den Arbeitern Müh' zu ersparen, ohne ihren Lohn zu vermindern, ich werd' zeigen daß der Maschinen-Freund nicht immer Feind, – daß er auch Wohlthäter der arbeitenden Classe seyn kann – das is doch gewiß ein schöner Beruf bey dem Ruhm und Anseh'n unausbleiblich sind.

INTELLIGENZ

Was die Leute dencken werden,? gewiß nicht viel; schon deßwegen, weil die denckenden Leute die wenigsten sind.

J

JÄHZORN

Ich war ein Vulkan, die Lava ist heraus, jetzt ergeb ich mich geduldig in mein Schicksal, und will langsam sterben.

&

Der gache Mensch is der beste Mensch.

JENSEITS

Jenseits is ja eine bessere Welt; man blammiert entweder jene bessere Welt, oder seinen Glauben d'ran, wenn man um Verstorbene lamentiert.

&

Ich kann's überhaupt nicht glauben, daß die Jenseitigen an uns Dießseitige herüberdencken; die Guten wenigstens gewiß nicht, denn sie sollen ja seelig seyn und wie brächten s' denn das z'samm, wenn sie uns herunt im Vogelperspectiv betrachteten? Könnt' es einen seeligen Hausherrn geben, wenn er sähet, wie seine liederlichen Buben auf sein Schweiß- und Fleißerbautes Haus einen Satz um den andern machen? Könnt' es einen seeligen Graukopf geben, wenn er's sähet, wie seine blonde Wittwe die Trauerkleider als Liebesnetze verwend't? Könnt' es einen seeligen Schiller einen seeligen Göthe geben, wenn sie sehen müßten, wie in Budweis der Don Carlos, und in Feistritz der Faust aufg'führt wird? – Es war keine dumme Erfindung von die Grichen und Römer daß sie als Gränzfluß ihrer champs elysée den Lethe angenommen haben, aus dem man Vergessenheit trinckt. Wer die Welt nicht vergißt, für den kann's gar kein'n Himmel geben. Das ist altgrichische Philosophie, die in Zweytausend Jahren noch nicht rococo worden is.

JET-SET

Wenn man die Leute die man inkomodirt, so reichlich bezahlt, wie ich, dann ist man überall zu Hause.

JUGEND

Was reden Sie, Jüngling, mit etliche vierzig Jahr Zukunft vor sich! Alles is möglich, wenn man jung is.

JUPITER

–.–: Für die Liebe ist keine Verkleidung zu schlecht wenn sie nur zweckmäßig is. Darin hat Jupiter allen Liebhabern ein gutes Beispiel gegeben; das war ein Gott, ein Gott is doch offenbar mehr als ein Baron, und in was für Verkleidungen is der erschienen, nahmentlich dazumahl, wie er unserem Welttheil die ungeheure Sottise angethan hat.

–.–: Was für eine Sottise?

–.–: Du wirst wissen in welcher ochsigen Gestalt er sich in dem Europa gezeigt hat, er hat also vorausgesetzt, daß da als Ochs am meisten Glück z' machen is und es hat sich nach der Hand hie und da ausgewiesen, daß der gute Donnerer nicht so ganz Unrecht hat g'habt.

JUS

Einem Richtern auf'n Land sein Amt z'wieder schon wird,
Bis er die Beweis' herstellt, Jed'n überführt;
Er lamentiert: „Man erlebt bey d' Verhör' jetzt kein End',
Seitdem jeder Halunk, so wie ich das G'setz kennt."
Ein Beysitzer sagt: „Ob ich mir 's Beysitzen mirck',
Halbe Täg' sitz' ich da oft wie a ang'mahlener Türck;

Ach wär' ich nur Richter, das möcht' ich erleb'n,
Bey Nichts in der Welt, dürft's ein'n Beysitzer geb'n!"
Ein Grundwachter, welchem der Dienst ist zu streng,
Weil er Zwanzigmahl macht oft die nehmlichen Gäng',
Der sagt: „So ein Beysitzer möcht' ich halt seyn!,
Da sitzet ich ruhig bey'm G'richt, und schlafet ein."
Jetzt wenn der Richter, die Beysitzer und so abwärts
sogar die Grundwachter über d'Langweil' schon klag'n,
Da kann man sich denck'n, was d'Arrestanten erst sag'n.

JUWELIER

Was is denn a Juwelier? Is das a Kunst? man nimmt die Steiner und faßt s'; das is das Ganze, und der Hauptvurthl dabey is, daß man dann und wann unter die ächten Brillanten einen Böhmischen einimischt. A G'spaß wär' das, wenn so a Brillant-Diadem reden könnt', und Mitten unter die ächten Brasilianer fanget auf einmahl einer zum powidal'n an. Die Täuschung is halt was Allgemein's.

K

KAFFEE

Ein großer Dichter nennt, glaub' ich, den Kaffee die Aurora des Magens.

KARIKATUR

In der Carrikatur liegt zu viel Wircklіches; und die Menschheit will nur recht poetisch aufgefaßt sein, ein klarer Beweis, wie prosaisch sie is. Das is g'rad' wie ein selbstfabrizirter Baron, der kann's nicht oft g'nug hören, wenn man „Euer Hochfreyherrlichen Gnaden" sagt, während's den ächten Cavalier ennuyiert, wenn man ihm immer mit der ganzen Litaney von Titeln kommt.

KARRIERE

Der strebsame Mensch muß nichts fürchten, wenig glauben und alles hoffen.

&

Wenn der Mensch dasteht, mit siebzehn Schulen in Leib, unzählige Wissenschaften in klein Finger, fünf lebendige Sprachen in Mund, und ein todschlachtigen Soliditätsgeist in Kopf, da kann er mit einiger Zuversicht erwarten, daß ihm das Schicksal ein sauberes Stückl Existenz auf'n Teller entgegentragt, das is keine Kunst – wenn man aber nix glernt, und nirgends gut gethan hat, wenn man dabei eine spezielle Abneigung gegen die Arbeit, und einen Universal-Hang zur Gaudée in sich tragt, und dennoch die Idee nicht aufgiebt ein vermöglicher Kerl zu wer'n, darin liegt was Grandioses. Der Fortuna als Mittelding zwischen Bettler und Guerilla entgegentreten, das Maximum von ihr begehren, wenn man auch gar keine Ansprüche drauf hat, das is die wahre Anspruchslosigkeit, das zeigt von edler Souffisance, von fabelhaftem Selbstgefühl, mit Einem Wort, es ist ein schönes Streben.

KAUSALITÄT

Seit wann braucht eine Frau zum Reden eine Ursach?

KELLNER

Wenn ein Kellner oder eine Kellnerin – „gleich" –! sagt, so is das ein Aufruf an die menschliche Geduld dem jeder Gast Folge leisten muß.

KIND

Den Kindern g'schieht ohnedem viel Unrecht. Is das nicht schon Unrecht genug, daß man sie für glücklich halt't,? und sie sind es so wenig als wir; sie haben in ihren Kinderseelen alle Affecte, eine Sehnsucht, die sie mit Täuschungen, eine Eitelkeit, die sie mit Kränkungen, eine Phantasie, die sie mit Wauwaubildern quält – und dabey haben sie nicht die Stütze der Vernunft, die uns wenigstens zu Geboth steht, wenn wir sie auch nicht gebrauchen. – Wir finden ihre Leiden klein, ohne zu bedencken, wie kleinlich wir oft in unser'n Leiden sind. Wir finden das kindisch wenn das Kind sich kränckt über einen hinuntergefallenen Apfel, und wie viele Erwachsene sind oft in Verzweiflung über ein gefallenes Papir! – Uns kommt das so kindisch vor, wenn das Kind über ein'n zerbroch'nen Wurst'l weint, und ich hab schon alte Herrn g'seh'n, die sich über eine verlorne Gret'l die Haar' ausg'rissen hab'n. Wir sind sogar so ungerecht Unmögliches zu praetendiren, indem wir oft den Kindern den Vorwurf machen: „Ihr Fratzen seht es gar nicht ein, was die Ältern für euch thun," – und das können sie doch erst dann einseh'n, wenn sie selbst einmahl Ältern sind. – Und wenn das Alles nicht wär', so sind ja die Kinder schon deßwegen zu bedauern, weil sie einmahl groß werden müssen; da zeigt sich's dann erst recht, wie wenige unter einem glücklichen Gestirn geboren sind.

KLASSENKAMPF

Vergnügungen kosten Geld, der Arme hat kein Geld, folglich hat er auch kein Vergnügen. Kein Wunder ist wenn der Arme ein Mißvergnügter is. Zu seyn Mißvergnügter, Verschworner und Revolutionair, das sind Gschwisterkinder.

KLEIDUNG

Ja es glaubt's kein Mensch was der Mensch alles braucht bis er halbwegs ein Menschen gleichsieht. Kurios, der Mensch heißt's is das Meisterstuck der Schöpfung, und man muß sich völlig arm zahl'n an Schneidern, daß man das Meisterstuck nur gehörig verstecken kann.

KOALITION

Das is der Hauptfehler von der Linken und von der Rechten, daß nix vorwärts geht. Das geschieht aber nur, um das christliche Wohlthätigkeits-Princip in doppeltem Umfang zu erfüllen. Die Linke soll nicht wissen, was die Rechte thut; es weiß aber auch die Rechte nicht, was die Linke thut, und das wird nehmlich dadurch am sichersten erzweckt, wenn beide Theile gar nichts thun.

KÖCHIN

Ein Mann von Geschmack kann nie ganz ungerührt beim Anblick einer Köchin bleiben. Wenn auch das Ätherische der Liebe etwas unter dem Zweifel leidet, so gewährt doch die Überzeugung, daß sich hier das Angenehme mit dem Nützlichen verbindet, dem Herzen hinlängliches Äquivalent.

KOKETTERIE

–.–: Lass' einen Blick schießen, der ihn aufmuntert.
–.–: Wie kann ich das? ich muß ja die Augen niederschlagen.
–.–: Na ja, aber niederschlagen und aufmuntern z'gleich, für das is ja die Koketterie.

KOMÖDIE

Wier Reichen verdienen's, daß man mit uns Komödie spielt, weil uns unsere Eitelkeit undanckbar gegen den Reichthum macht. Glauben Sie denn ein alter Millionist, wenn er aus einer G'sellschaft nach Haus kommt, kniet sich nieder vor seine Obligationen, küßt diese himmlischen Bilder und saget: „Euch nur verdanck' ich's, daß diese Frau auf mich gelächelt, diese Tochter mit mir kokettiert hat, Euch nur, ihr göttlichen Papiere, daß diese Cousine mich heurathen will" – kein Gedancken; er stellt sich voll Selbstgefühl vor'n Spiegel, find't in seine

Hühnertritt interessante Markierungen, und meint, er is ein höchst gefährlicher Mann. Mit Recht hat die Nemesis für diesen Undanck an den Papieren, den Reichen zum Papierlt-werden verdammt.

KOMPLIZEN

Einverständniß muß seyn, wenn es beym Betrug honett her-geh'n soll.

KONSEQUENZ

Der Mensch kann nur das halten, was er hat, hab ich ihm mein Wort gegeben, dann hat er's und nicht ich, da is das Halten ein Hirngespinst.

KONSTITUTION

Gelehrte Köpfe wohnen meistens auf schlechten Unterleibern.

KONVENTION

Daß man ein Frauenzimmer begleit't, das is ein durch Jahrtau-sende geheiligter Gebrauch.

KONVERSATION

Mir gfallet's recht gut in der eleganten Welt, wenn die noblen Dandys nur etwas weniger unter der Kritik fad diskuriren thäten; aber gar nichts, als Cigarren, Roß Hund und Ehre – es wachst ei'm völlig beym Gnack heraus, nicht einmahl über die Madeln mögn s' recht reden, und das wär doch auch ein che-valieresker Gegenstand.

KOPFBEDECKUNG

Junge Mädln muß man trachten unter die Hauben zu bringen, sonst kann man nicht genug auf der Huth seyn.

KORPULENZ

Ich möcht aus der Haut fahren vor Freud, aber ich bin zu dick, ich komm nicht heraus.

KOSMOPOLIT

Ich hab' meinen Wohnsitz mit der weiten Welt vertauscht, und die weite Welt is viel näher als man glaubt.

KREMSER

Ein Kremser und ein Duell! Das werden Sie nie hören, daß sich bey uns zwey Männer schlagen, für das haben wier die Weiber.

KUNST

Ich bin ein Künstler, das kann mir kein Mensch abstreiten, ich betreibe die große Kunst auf Unkosten anderer Leut' zu leben.

&

Ich mag einmal nichts mehr thun für die Kunst. Die Kunst ist mein Leben und an mein Leben liegt mir gar nichts.

KÜNSTLER

Übrigens beurtheilen Sie andere Leut nicht nach sich, junger Künstler, folglich Genie, und noch folglicher: Schnittling auf allen Suppen.

&

Es is nit aus mit die Künstler, wenn s' nur einmahl tod seyn, dann rentiert sich die Sach schon.

KUNST UND WISSENSCHAFT

Ich habe mich aber der Kunst geweiht, der Kunst, welche man höchst irrtümlicherweise mit der Wissenschaft derart zusammenspannt und beide als siamesische Zwillinge behandelt, daß man überall sogar für beide nur eine Medaille prägt – „für Kunst und Wissenschaft“, wodurch allerdings der Vortheil erreicht ist, daß der damit Belohnte immer doppelt belohnt ist, weil er nur die Hälfte verdient, denn der Künstler wird höchst selten gar viel Wissenschaft besitzen und der sehr Wissenschaftliche gewiß alles eher als Künstler sein. – Viel lernen und nacher viel wissen, das ist keine Kunst; ich habe nichts gelernt und weiß doch eine Menge, da kann man von Kunst reden.

KUR

Für ein schlechten Magen, für a schlechte Leber helfen s', aber für a schlecht's Herz sind diese oberflächlichen Bäder nix, da wär' nur der Meeresgrund.

KÜRSCHNER

Ich war Kirschner – ich hab mit Bären, Tiegern und Leoparden zu thu'n gehabt, ich derf nicht gereitzt werden.

L

LANDSCHAFTSMALEREI

Die Welt wird nicht größer und die Mahler werden immer mehr. Wo was Neues finden? Um jeden steyrischen Felsen sitzen drei Mahler herum und bemseln drauf los; jedes Bachbrückel, jedes Seitel Wasserfall – prangt auf der Leinwand, das ganze Salzkammergut existirt in Öhl, die Schweitzernatur hat keine Quadratklafter mehr die nicht schon zehn Mal in der Kunstausstellung war –

LEBEN

Die Hoffnung is ja der Goldschnitt am Buch des Lebens, die Blätter sind übervoll vom schwarzen Druck der Verhältnisse, und die Traumbielder, die man sich vorgauckelt, sind die einzigen Illustrationen drinn.

&

's Geld braucht man halt zum Leben, und leben thu' ich in Einem fort, also brauch' ich halt in Einem fort ein Geld.

&

Man lebt vom Geld und nicht von der Lieb, drum müssen beim Klang der Thaler alle schwärmerischen Seufzer verstummen.

&

Was hat man von dieser fünfzig bis sechzig Jahre langen Luftschnapperei? Da hat sich die Natur ausgezeichnet. Ohne Luft kann man nicht leben, und von der Luft kann man aber auch nicht leben. Kannst du uns Luft geben umsonst, gieb uns die Nahrung auch um den Preis.

&

Zu was die Plag und das Gfrett? 's Leben is sein Lebtag nicht wert, daß man sich so 's Leben abifrißt, um sich 's Leben zu erhalten.

&

–.–: Man lebt nur einmal.
–.–: Ich hab an einmal schon zu viel.

LEBENSLAUF

Etwas Verzweiflung, a Bissel Jammer, a wenig Wahnsinn – und zum Schluß – mein Gott, sterbn müssen wir ja Alle – der Tod!

&

Das Leben ist ein heickliches Bild, man skizziert sich das Ding recht schön, in der Ausführung verfehlt man's, da heißt's dann das verpfuschte Werck abliefern an die unerbittlichen Mächte, und man bekommt's nicht mehr zum Ändern zurück.

LEIDENSCHAFT

Die Kunst ist und bleibt einmal eine Leidenschaft! Machen aber Leidenschaften glücklich? Konträr! Strenge Moralisten sagen: um glücklich zu sein, muß man alle Leidenschaften aus sich verdammen. Dieser Rat ist ungefähr so gut, als wie wenn man einem, der über enge Stiefel klagt, sagt: er soll sich beide Füß amputieren lassen, damit er kein Verdruß mehr mit dem Schuster hat. – Eigentlich hab ich nur eine Leidenschaft, nämlich die, daß ich gern allen meinen Leidenschaften nachhänge. Und statt dem sollt ich sie besiegen? Nein, das ist mir ein viel zu trauriger Triumph, wo man selten verdiente Anerkennung hat davon, denn die Leut sagen von einem Besieger seiner Leidenschaften nie: „Das war ein starker Geist", sondern sie sagen: „Das müssen schwache Leidenschaften gewesen sein". – Wenn ich nur auf diese Art glücklich werden kann, dann wär es wohl besser für mich, ich wäre ein unerfüllter Wunsch meiner Mutter, eine gehaltlose Idee meines Vaters geblieben, statt daß ich zum wirklichen Dasein geboren ward. –

&

Meine Leidenschaft ist der Vortheil, den Vortheil erringt man aber nur durch Klugheit; Klugheit ist eine Tugend, also gehört die Tugend zu meiner Leidenschaft, und folglich kann ich sagen, daß ich ein nicht unpreiswürdiges Tugendexemplar bin – Es glauben mir's zwar die wenigsten, aber das macht nichts, wir sehn jetzt so viel Unglaubliches auf der Welt, daß die Glaubwürdigkeit und die Wahrscheinlichkeit gar nicht mehr unter die Maßstäbe gehören.

LEUMUND

Der Ruf eines 17jährigen Mädchens ist heiklicher, als wenn a Tabakschnupfer a weiße Pikeeweste anzieht.

LIEBE

Was kann der Mensch, dessen Leben nix Ander's, als ein an seinem GeburtsTag gefälltes Todesurtheil is, G'scheidteres thu'n, als er laßt sich in resignierter Delinquenten-Manier noch nach Möglichkeit gut g'scheh'n mit einer Gustospeiß? Der allgemeine gute Bissen aber für die Menschheit is die Liebe.

&

Ja die Lieb, die Lieb. Das is die Köchinn die am meisten anricht in der Welt.

&

Liebe ist ein Beweis von Schwäche, den man einem noch schwächeren Wesen giebt.

&

Gekränckte Liebe verwandelt Turtltauben in Weinbeerkroten.

&

Aussicht? Seit wann fragt denn die Lieb nach einer Aussicht. Die wahre Lieb schaut nur da heraus, wo keine Aussicht is; Sie zeigen sehr wenig Einsicht in das Wesen der Lieb', wenn Sie glauben, daß die Lieb eine Aussicht braucht.

&

Die Liebe ist ein Traum, die Ehe ein Geschäft.

&

–.–: Muß doch alles verliebt seyn! Schau'n Sie ich liebe die Liebe nicht, ich find' nix Nobles daran.

–.–: Wenn man bedenckt, was oft für Leut verliebt sind, da möcht ich Ihnen wohl Recht geben, wenn man aber andererseits bedenckt, was oft für Leut verliebt sind, dann kann ich wieder nicht Ihrer Meinung seyn. Soviel is gwiß, heimliche Liebe is immer was Nobles, die Liebe zur Schau tragen, das is etwas Ordinärs, und wenn zwey Liebende, die z'Haus G'legenheit gnug hab'n, sich vor d' Leut hinstellen mit ihre Zärtlichkeiten und G'schichterln und Händedruckerln und Busserln und abg'stochene Kalbsaugerln, das is 3 Grad unter pinterscherlgemein.

LIEBENSWÜRDIG

„Liebenswürdig" ist im strengsten Sinn des Wort's ein Zeitwort, weil es gänzlich der Abwandlung unterliegt, in der halbvergangenen Zeit heißt's passé, in der völlig vergangenen schich, und in der längstvergangenen grauslich.

LIEBESBEWEIS

–.–: Von einer Dame, die man anbethet und von der man geliebt wird, Geld borgen –

–.–: Ah was! Hat sie kein Geld, so is sie keine Dam, und hat s' a Geld, und giebt Ihnen keins, dann liebt sie Ihnen nicht.

LIEBHABERROLLEN

–.–: Die werd'ich ewig spielen, aber nur bey meiner Frau.

–.–: Edler Vorsatz!, der meistens mit dem Übergang ins Bonvivant-Fach schließt!

LINKE, DIE

Der Linken Maß *nehmen* ist sehr eine gefährliche Maßregel, indem der Linken meistens mehr Maß zu wünschen wäre.

LOGIK

Ihre Schlüsse sind zu gymnastisch, das heißt zu gewagt, Sie überspringen Alles Mögliche –

LUFTVERSCHMUTZUNG

Ich hab g'schnappt nach Luft, aber sie war so von Verläumdung verpest't, daß die Sprach der Wahrheit hat müssen ersticken drin.

LÜGEN

Das Lügen is was Schrecklich's, man kommt immer mehr drein.

M

MACHT

–.–: Wer giebt Ihnen das Recht –?
–.–: Die Macht. Ich bin die Macht und mache das Recht.

&

Mein Eigennutz hat etwas Respektables, seit dem er sich in den Salonfrack des Dominirens geknöpfelt.

MALER

Dem Glücklichen glückt Alles, und ein Mahler is ja ein glücklicher Mensch. Wier Maler sind erstens reich, wier haben wenigstens das Vorrecht der reichen Leute, wier dürfen uns viel erlauben, was man uns zu Guten halt't, weil wir Mahler sind; ein and'rer Mensch dürft' zum Beyspiel gar nicht so dahergehn, wie ich. Wier Mahler sind auch mächtig, wier dominieren im Reich der Pinseley, und wie groß dieses Reich ist, da is noch gar nicht bemessen, denn es werden täglich neue Entdeckungen g'macht. Wier Mahler können sogar ungestraft, was Niemand seyn derf, Satyriker seyn; wier mahlen oft Portraits in einem Schmeichlungsgrad, daß sie offenbar Satyren auf die plumpen Originale sind, aber 's macht nix, der Portraitmaler is der einzige Satyriker, den die Leut' nicht anfeinden, die sich von ihm getroffen finden. Mit einem Wort, ich betret' das gefährliche Ehstandsgebieth mit dem gewissen glückerzeugten 's Kannmirnixg'schehngefühl, welches allein der Gefahr das Gefährliche benehmen kann.

MALEREI

–.–: Jeder Mensch fühlt sein'n Beruf in sich, ihm is halt die Mahlerkunst –

–.–: Was Kunst! Er kann's, also is das a Kunst, wann er mich mahlt? wenn *ich ihn* mahlet, das wär' a Kunst, denn i kann's nit.

MANN

Bey Männern giebt's keine Menschenkenntniß denn wenn man s' kennt, so lernt man s' als Unmenschen kennen.

&

Ja, ja, so sind die Männer! Glauben Sie mir, die Liebe dieser Schöpfungsherrn ist selten echtfärbig, beinahe nie in der Wolle, immer nur im Stück gfärbt, drum wirkt die Erfüllung ihrer Wünsche als Laugen auf diese Liebe, wie man's drüber gießt geht's aus.

&

Das is a alte Wahrheit: über ein altes Weib geht nix, als ein Mann, der ein altes Weib is.

&

Fehlerfreye Männer giebt's nicht, also heißt's entweder ledig bleiben, oder einen nehmen mit die Fehler.

MASOCHISMUS

Wer noch nie über eine Stiegn gflogn is, wem noch nie ein Lavoir aufn Kopf is gschütt wor'n, der kennt den wahren Reitz der Liebe nicht.

MAXIME

Sprich ohne Scheu, wie dir der Schnabel wuchs.

MEHRZAHL

Recht und Freiheit sind ein paar bedeutungsvolle Worte, aber nur in der einfachen Zahl unendlich groß, d'rum hat man sie uns immer nur in der werthlosen vielfachen Zahl gegeben.

MEINUNG, ÖFFENTLICHE

Was Tausend Wichte sagen, bekommt Gewicht, wird wichtig, weil die Wichte Tausend sind und die Ehrenmänner, die's nicht glauben höchstens Zehn. Auch haben die Schufte in der Regel bess're Lungen, als die Ehrenmänner, sie schreyen mehr, und nichts wirkt auf der Welt mehr, als Geschrey.

MENGENLEHRE

–.–: Kann man ungleichnahmige Größen miteinander multipliciren

–.–: Man kann es.

–.–: So? Also multiplizieren Sie mir siebzehn Pfund mit drei Ellen, was kommt denn da heraus?

–.–: 17 Pfund multiplicirt mit 3 Ellen, das macht netto 6 Kilogram, 13 Hektolitter 28 Millimeter 2½ Gallonen 5 Yard.

–.–: Sie wissen gar nichts.

–.–: Rechnen S' nur nach.

MENSCHEN

Viele Weltverläumder sagen, „die Welt thät's, aber es giebt zu viele durch und durch schlechte Menschen drauf."

&

Es giebt sehr wenig böse Menschen, und doch geschieht so viel Unheil in der Welt; der größte Theil dieses Unheils kommt auf Rechnung der vielen, vielen guten Menschen, die weiter nichts als gute Menschen sind.

MENSCHENKENNTNIS

Die Menschen muß man hassen ehe man sie kennt; verachten, wenn man sie kennt.

&

Der Mensch hat einen unausstehlichen Scharfsinn – das sollte streng verbothen seyn, es ist ein Eingriff in das geistige Eigenthum, wenn einem Jemand so durchschaut.

MIETE

Werden denn die Hausherrn nie von dieser drückenden Forderung abstehen. Is das Bewußtseyn ein Hausherr zu seyn nicht genug? muß man auch noch seine Mitmenschen mit 'n Zins quälen? Wer sind sie denn diese Tyrannen, daß wir ihnen zinsbar seyn sollen? Wie leicht hätt' die Schöpfung Menschen und Häuser erschaffen können, aber nein sie erschafft lieber Partheyen und Hausherrn.

MINISTER

Der Ägyptische Joseph hat g'schmacht't in Gefängniß,
Da wendet ein Pharao-Traum sein Verhängniß,
Sie hab'n ihn hervorzog'n aus kerk'rischer Nacht,
Und gleich zum Minister des Inner'n gemacht;

Das hab'n d'Leut', unerhört
Als ein Wunder erklärt.
Solche Sprünge g'scheh'n häufig in neuester Zeit,
Nur machen sie's umgekehrt meistens die Leut';
Gleich in Anfang seh'n sie sich als Minister ganz hoch,
Man hilft ihnen aus'n Traum, und 's Finale is 's Loch.
So was nennt man kein Wunder jetzt mehr heutzutag,
Man find't's ganz natürli und kein Hahn kraht darnach.

MISSTRAUEN

Das Mißtrauen gegen sein eigenes Geschlecht is ein rein menschliches Praerogativ. Wenn der Zufall Zwey Wölfe zusammenführt, fühlt gewiß keiner die geringste Beklemmung über das, daß der andere ein Wolf is; aber Zwey Menschen können sich nie im Wald begegnen, ohne daß nicht jeder denckt, der Kerl könnt' ein Rauber seyn.

MODE

Doch wenn ich an mein Schicksal denk,
's ist a starks Stuck,
Da kommt mir die Melancholie wieder zruck,
Da tröst mich kein Fraunzimmer,
Alls ist umsunst,
Denn was d'Weiber redn,
Ist nur blauer Dunst.
Es zeigt sich im Putz
Ihr Charakter ja schon,
Es geht nix z'samm,
's ist ja kein Proportion,
Die Ärmel und Schmieseln
Können breit nicht gnug sein,
Bei der Thür können s' nur
Von der Seiten herein.

&

Dieses Gewand raubt dir das Edle, das Ätherische, es macht dich punket, es verknirpst den Idealismus, es tödtet die Sympathie, indem es Antipathie in's Leben ruft.

MONOPOL

Gute Nacht? wo kriegt man s' die guten Nächt'? ich lass' mir gleich eine holen um Tausend Gulden. Auf die guten *Täg'* haben die *Reichen*, aber auf die guten *Nächt* nur die *Glücklichen* ein Monopol.

MORALISIEREN

's Moralisieren is leicht, wenn man die Welt vom grünen Thalgrund aus betrachtet, ich aber schau' sie vom Gipfel des kahlsten aller Felsen, vom Culminationspunct des Elend's an, und in dieser Vogelperspectiv haben die bausbackigsten Sentenzen eine hohle nichtige Gestalt.

MUSIK, MODERNE

Wissen S', es hat halt nix für's Ohr.

MYTHOLOGIE

Liebende sind ein Schauspiel für Götter; ich wär' in mein'n Leben kein Gott, Gott sey Danck, ich hab's nicht nöthig.

N

NÄCHSTENLIEBE

Die Nächstenlieb fangt bey sich selbst an.

&

Ich brauch keine Gattin zum Pflegen, ich pflege mich selbst, und sehr gut pfleg ich mich. Ich bin mein eigner geliebter Gegenstand, ich cajolir mich unendlich und spendier auch viel auf diese Leidenschaft. Wenn ich so mit mir durch die Stadt geh, und 's gfallt mir was in einer Auslag, so sag ich zu mir selbst: „Na, Natzi, hast ein'n Gusto drauf?" dann antwort ich mir: „O freilich, das wär meine Passion." „Gut, Natzi, sollst es haben." – sag ich dann, führ mich hinein ins Gwölb und kauf mir die Gschicht, so behandle ich meinen Natzi –

&

Die Nächstenlieb is meine schwache Seiten, wann die lieben Nächsten nicht wärn, ma wüßt gar nicht, wem man was anthun sollt.

NACHWELT

Ich hab' immer wollen für die Nachwelt etwas *seyn*, und man soll bloß für die Mitwelt etwas *vorstellen*. Der kluge Mann der Gegenwart sagt, „was hat denn die Nachwelt für mich gethan? Nichts! gut, das Nehmliche thu' ich für sie."

NARRHEIT

Freund, blamier' dich nicht, du kennst die Nation schlecht, die du so mühselig kopierst, wenn du glaubst daß die Narrheit eine englische Erfindung is. An Narren fehlt's nirgends, aber es sind meistens arme Narren, folglich red't man nicht von ihnen, und dann sind's Narren, die mit einer erbärmlichen Ängstlichkeit sich in den Nimbus der G'scheidheit einhüllen; der Engländer hat das Geld seine narrischen Ideen zu realisieren, und hat den Muth seine Narrheit zur Schau zu tragen; darin liegt der Unterschied, von daher stammt das Renommée.

NATIONALISMUS

Nationalehre, ist die Koketterie der Völker, womit jedes Volk zeigen will, daß es mehr Volk und weniger Völkl is als das andre Volk welches mehr Völkl als Volk is.

&

Ich hasse alle Redner, außer die uns'rigen, denn die reden nazinal.

&

Wenn einem kein Mensch versteht, das ist nazinal.

NATUR

–.–: Wie nennt man alles Erschaffene mit einem Nahmen

–.–: Man nennt es die Natur, und deßwegen kann es auch keine Kunst gewesen seyn, alles zu erschaffen, denn wenn es ein Kunstwerk wäre, so wär' es keine Natur.

NEUGIER

Schloß und Rigl sprengt die Neugierd.

NIEDERSCHLAGEN

–.–: So oft ich ihren Augen begegne, handle ich als Flegel an meinen eigenen.

–.–: Als Flegel an Ihren eigenen Augen?

–.–: Ja, ich schlag s' nieder.

NIHILISMUS

Nichts ist das Wahre weil gar nichts wahr is.

NOSTALGIE

Die Vergangenheit [ist] mein Capital, und die Erinnerungen sind die Interessen die ich verzehr'.

O

ÖKONOMIE

Durch Arbeitsamkeit würde sich unser Wohlstand vermehren, aus dem Wohlstand entstünde Reichthum, aus dem Reichthum entstünden höh're Wünsche, aus den Wünschen Unzufriedenheit – nein du verlo[c]kst mich nicht, ich bleib bey meinem stillbescheid'nen thatenlosen Wirckungskreis.

OPPORTUNISMUS

–.–: Ich red' immer im Intresse meines Herrn, denn 's Reden kost't nix.

–.–: Aber handeln –?

–.–: Handeln thu' ich im Intresse dessen, der mich besser bezahlt, als mein Herr.

OPTIMISMUS

Vertraut auf mich, wenn sich die Lage bessert, dann wird alles noch gut werden.

&

Sie sind vernünftig, und wissen, daß die Welt eine apprehensive Dame ist, die selbst für ihre lächerlichen Vorurtheile eine Art Verehrung fordert –

ORDNUNG

Da thun s' nix als, arbeiten, essen, trincken, und schlafen, is das eine Ordnung? Da wird nicht angeignt nicht Zithern g'schlagen, nicht aufg'haut –

ORTHOGRAPHIE

Als Frauenzimmer bin ich erhaben über die Orthographie.

ÖSTERREICH

Nein, wie wir uns in den Östreich alle getäuscht haben, das is schauderhaft.

P

PÄDAGOGE

Ich hab' zu viel' Erwachsene kennen gelernt, die der Nachsicht bedürfen, als daß ich je mehr gegen die Kinder streng seyn könnt'.

PARADIES

Man braucht ja nix als Liebe und alles mögliche andere, und die Erde ist ein Paradies.

PARADOX

–.–: Eine große Anstellung sucht er.
–.–: Und trotz der Größe kann er s' nicht finden.

&

's kann doch unmöglich schwer seyn, was Geringes in die Höh' zu heben.

&

Ich hab' Contracte abgeschlossen, die ich nicht halten kann, mit

Leut', die ich nicht brauchen kann. Thut das ein Mensch, der bey Verstand is?

PERSONAL

Was meine Frau allweil für saubere Dienstbothen aufnimmt –! Das is entweder Vertrauen, oder Prüfung, oder Secatur.

PESSIMISMUS

Das nützliche mit dem Angenehmen vereinen wär wohl eine schöne Sach, wenn's sich nur öfters treffet in Leben – aber leider wachst sich das bisserl Angenehme, was einem unterkommt statt aufs Nützliche fast immer nur aufs Unangenehme hinaus.

PFERDENARRHEIT

Ich reit' gern aus zur Bewegung, ich fahr gern aus zur Bequemlichkeit, und meine Pferd hab'n g'wiß nix Fiakrisches an sich – aber wie man alle seine Gedanken und Ideen bloß auf Race, Vollblütigkeit, und Familienverhältnisse der Pferd concentrieren kann, dafür hab' ich keinen Sinn, so leer is weder mein Kopf noch mein Herz, daß ich Stallungen draus machen möcht'.

PHANTASIE

Nur eine lebhafte Einbildungskraft muß man haben, die muß aber schon verflucht lebhaft seyn, nacher is es recht angenehm auf der Welt.

PHILANTHROPIE

Sie sind ein Menschenfreund, ich bin Mensch, folglich sind Sie auch mein Freund, und ein Freund kann schon dem andern mit Geld aushelfen, und daß Sie sehen, daß meine Freundschaft uninteressiert ist, nehm ich das Geld ohne Interessen.

PHILOSOPHIE

O, er hat recht, jener populäre Philosoph, wenn er so klar sagt, daß das „Seyn“ ein Begriffsagregat mit markierten electromagnetisch-psychologisch-galvanoplastischen Momenten ist.

PHYSIOGNOMIK

Dem sieht man den Spitzbub'n doch an; o Natur, du bist ein großes Stempelamt!

PLAYBOY

Geld ist kein städtischer Grundsatz. Interessant muß der Mann sein, das verlangt man in der Stadt, und die interessanten Männer haben oft das wenigste Geld, im Gegentheil, sie haben Schulden, diese Interessanten, und müssen sich oft aus Interesse verlieben, bloß um ihre Interessen zahlen zu können. Mit einem Wort, wenn ich einen heirath, der braucht weder jung, noch schön, noch reich zu sein, sondern pfiffig; Kopf muß er haben, auskennen muß er sich in der Welt.

POLITIK

Die Taille, die die Menschen horizontal in Oben und Unten scheidet, die gielt in der Politik nicht viel, natürlich, weil da alle Augenblick das Obere unten und das Untere oben is. Die Politik kümmert sich nur um die verticale Theilung, die zwei Seiten bildet, die Linke und die Rechte.

POLITIKER

Wie der Jonas in's Meer h'neinplumpft is, was geschieht?
Kommt ein Wallfisch und schlickt ihn vor laut'r Appetit;
Doch er muß ihm nicht g'schmeckt hab'n, 's war a heikliches Vich,

Nach Drey Täg'n giebt er'n ganzen Profeten von sich;
  Das hab'n d'Leut, unerhört
  Für a Wunder erklärt.
Wir hab'n Politiker jetzt voll profetische Gab'n,
Denn bey All'n, was g'schieht, sag'n s', daß sie's voraus g'wußt hab'n;
Ohne daß sie wer schlickt, liegn s' all'n Leuten in Mag'n,
Was kein Wallfisch verdaut, müss'n oft Menschen ertrag'n;
Und man nennt das kein Wunder jetzt mehr heutzutag',
Man find't's ganz natürli und kein Hahn kraht darnach.

POLIZEI

Die Polizey kann nicht das wahre Mittel seyn gegen's Stehlen, sonst gäbet's ja schon lang ka Spur mehr von ein'n Dieb.

PORTRÄT

„Man soll den Teufel nicht an die Wand mahlen", – das hat mein Taufgöd zu seinem Freund g'sagt, wie der sein Weib hat portraitieren lassen.

POSITION

Es kommt weniger darauf an, *was* man leistet, als vielmehr darauf, *wo* man es leistet.

&

Die Stellung in der Gesellschaft macht es zur Pflicht den Geist zu erweitern und das Herz zusammenzuzieh'n.

PREMIERE

Da war's so voll, daß gar kein Mensch hinein hat können.

PRESTIGE

Das is ja das größte Vorrecht einer Million, daß man damit so dumm daherreden kann, als man will, und doch was gilt.

PRIVATGELEHRTER

Er war ein Privatgelehrter, das sind diese rätselhaften Wissenschaftswesen, von denen man nicht weiß, kriegen s' deswegen keine Anstellung, weil sie zu wenig, oder weil sie zu viel wissen.

PROFIT

A Stund Elend mehr verschlafen, is ja ein offenbarer Profit, den der Arme nicht so in Wind schlagen soll.

PROLETARIER

Nach den neuesten Ansichten nennt man uns Proletarier, und verbindet damit die zarten Nebenbegriffe, von Communist, Aufrührer, staatsgefährlicher Mensch. Es is wirklich luxurios, wie man die Armuth ausstaffiert.

PROTEKTION

Lied
1.
Wär' ich ein Beamter von Geist und Verstand,
Da gieng' ich in d'Stadt, und blieb' nicht auf dem Land;
Für heraußt bin i g'scheidt genug, denn es zeigt sich,
Die Andern sind alle noch dümmer als ich.
Und bin doch nur Rentschreiber, und werd' auch nicht mehr,
Und Frage, worin liegt das ganze Malör?
Mir fehlt das, ohne was m'r avvancieren nicht kann,
Ich hab' ka Bekanntschaft, ka Protection.

2.
Ich hab' a jungs Weiberl, der hab'n s' schon den Rath
Einmahl geb'n, sie soll bitten für mich in der Stadt,
Sie hab'n ihr d'Adress' geb'n, dort wohnt der und der,
Der verschafft mir a Stell, gar a gütiger Herr.
Halt, denck' ich, der könnt' sich beleidigt fühl'n recht,
Wann d'Frau kommt statt mir, grad als ob ich nit möcht',
Ich geh' also selbst hin, zieh' mich wunderschön an,
Es war aber nix mit der Protection.

&

Mit einem Wort, nur der trifft's, der irgend Jemandens Schützling ist, und das hab ich nie seyn wollen; Huld und Gunst hab' ich nie gesucht, nur Anerkennung hab' ich erwartet – und sie ist ausgeblieben.

PROVINZ

Ein Tausendkünstler hat einmal annonciert, daß er am Schluß der Produktion in eine Champagnerbouteille kriechen wird; glaubwürdige Augenzeugen versichern, daß er nicht hineingekrochen, sondern unmittelbar vor dem Kunststück abgefahren ist; wenn er aber wirklich hineingekrochen wäre in die Bouteille, dann hätt er drin ungefähr das Gefühl gehabt, was ich hier in Stadt Steyr habe.

PSYCHIATRIE

Ein Strauchen dauert Drey Wochen, ein Krampf-Chatarr ein Vierteljahr, die Hühneraugen lebenslänglich – und mit 'n Gemüth gar! da is es eine ewige Pazlerey; nur wenn man kein's hat, da hat man Ruh' vor dieser Seelengicht.

PSYCHOLOGIE

Man kann ein Menschen nicht einmahl ins Herz schaun und die Seel steckt noch hinterm Herzen.

&

Es ist sehr leicht, ein guter Vater zu seyn, guter Gatte, das is schon mit viel mehr Schwierigkeiten verbunden. Die eignen Kinder sind dem Vater g'wiß immer die liebsten, und wenn s' wahre Affen seyn, so g'fallen eim doch d'eignen Affen besser als fremde Engeln. Hingegen hat man als Mann oft eine engelschöne Frau, und momentan wenigstens g'fallt eim a andre besser, die nicht viel hübscher is als ein Aff; das sind so die Zwiespalte der Natur, die eim kein Örindur erklären kann.

PUNKT, ARCHIMEDISCHER

Das Geld ist der Punct den Archimedes suchte, um die Welt zu bewegen.

R

RAISON

Raison ist's: essen gehen und abwarten, was derweil gschieht.

RASSISMUS

Da haben wir die Folgen der Sklaverei. Werden es denn die Engländer nie dahinbringen, daß man die Mohren unter die Weißen zählt?

RAUCHEN

Wie ich nur einen Zug aus einer Pfeiffen mach, da kann man gleich mit pupillarmäßiger Sicherheit auf's Übelwer'n rechnen.

RECHTSWEG

Sie projectieren eine Ohrfeige? Genieren Sie sich nicht. Die Sache geht dann den Rechtsweg, und da schlagen Schläg immer zum Vortheil des Geschlagenen aus.

&

Gerichte können kein Gerücht zum Schweigen bringen.

REGENSCHIRM

Der Mensch soll nie ohne Paraplui sein, es ist die großartigste Waffe, aufgespannt ist es Schild, zugemacht und geschwungen ist es Schwert, und horizontal gebraucht ist es Lanze.

REICHTUM

Die reichen Leut' haben halt doch ein göttliches Leben, einen Theil vertrincken s', den andern Theil verfressen s', a Paar Theil verschlafen s', den größten Teil verunterhaltens s'. – Schad, ich hätt' zum Reichthum viele Anlag g'habt, wenn sich so ein Millionär meiner ang'nommen hätt', hätt' mich ausgebild't, und hätt' mir mit der Zeit 's G'schäft übergeben – aus mir hätt' was werden können.

&

Armuth is ohne Zweifel das Schrecklichste. Mir könnt' einer Zehn Millionen herlegen, und sagen, ich soll arm seyn dafür, ich nähmet's nicht. Und was schaut andrerseits beym Reichthum heraus? auch wieder ein ödes abg'schmacktes Leb'n. Langweile heißt die enorme, horrible Göttin, die gerade die Reichen zu ihrem Priesterthum verdammt, Palais heißt ihr Tempel, Salon ihr Opferaltar, das laute Gamezen und das unterdrückte Gähnen ganzer Gesellschaften ist der Choral und die stille Andacht, mit der man sie verehrt. – Wenn einem kleinen Buben nix fehlt und er is grantig, so giebt man ihm a Paar Bracker, und 's is gut. Vielleicht helfet das bey mir auch, aber bey einem Bub'n in meinem Alter müßten die Schläg' vom Schicksal ausgeh'n, und von da hab' ich nichts zu riskieren; meine Gelder liegen sicher, meine Häuser sind assecuriert, meine Realitäten sind nicht zum Stehlen – ich bin der Einzige in meiner Famili, folglich kann mir kein theurer Angehöriger sterben, ausser ich selber, und um mich werd ich mir auch die Haar' nicht ausreissen, wenn ich einmahl weg bin – für mich is also keine Hoffnung auf Aufrieglung auf Impuls. – Jetzt hab' ich Tafel g'habt, wenn ich nur wüßt', wie ich bis zu der nächsten Tafel die Zeit verbring'. Mit Liebesabentheuern? – mit Spiel –? Das Spielen is nix für einen Reichen, wem 's Verlieren nicht mehr weh' thut, dem macht's G'winnen auch ka Freud'. – Liebesabentheuer –? Da muß ich lachen. Für einen Reichen existieren keine Abentheuer. 's Geld räumt zu leicht die Hindernisse auf die Seiten. Können wier wo einsteig'n? Nein, sie machen uns so überall Thür' und Thor auf. – Werden wier über a Stieg'n g'worffen? Nein, Stubenmädl und Bediente leuchten uns respectsvoll hinab. Werden auf uns Sultcln gehetzt? wird was hinabg'schütt auf uns? Nein, Papa und Mama bitten uns, daß wier ihr Haus bald wieder beehren. – Und selbst die Eh'männer – sind auch meistens gute Leut'. Wie selten kommt eine Spanischerohr-Rache in 's Spiel? Die corsische Blutrache liegt gar ganz in talon. Wann hört man denn, daß ein Ehmann einen Kugelstuzen nimmt, und unsereinem nachschießt? ja, anreden thun s' eim, daß man ihnen was vorschießt, das is die ganze Rache. Wo sollen da die Abentheuer herkommen? Man is und bleibt schon auf fade Alletagsgenüsse reduciert, die man mit Hilfe der Freundschaft hinunterwürgt. Das ist noch das Schöne, über Mangel an Freunden darf sich der Reiche nicht beklagen. Freunde hab' ich, und das was für Freunde! Den warmen Antheil den sie nehmen, wenn s' bey mir essen, das heiße Mitgefühl, wenn s' mit mir z'gleich einen Punschdusel kriegen, und die treue Anhänglichkeit! Ob Einer zum Losbringen wär', keine Möglichkeit! Ich bin wirklich ein beneidenswerther Kerl, nur Schad' daß ich mich selber gar nicht beneid'.

REIZ

Weib, theile mit diesem Gesicht Paradiese aus, und du wirst wenig Käufer finden.

RELATIVITÄT

Tausend Gulden –! wie viel Millionen sind denn das für einen Armen, der aus Hunger lebenssatt war –!!?

RESIGNATION

Es wird sich gebn, es muß sich gebn, es hat sich Alles noch auf der Welt gegeben.

&

Es is immer eine sonderbare Empfindung, wenn man als so alter ein kleines Kind betracht't; unwillkührlich kommt einem die Idee, wie Schad' es is, daß man auf die Welt kommen is. Ich sag immer, man richtet's viel leichter, wenn man gar nie da g'wesen wär'.

&

Die edelste Nation unter allen Nationen is die Resignation.

RESTAURATION

Nach Revolutionen kann's kein ganz richtiges Straf-Ausmaß geben. Dem Gesetz zufolge, verdienen so viele Hunderttausende den Tod – natürlich, das geht nicht; also wird halt Einer auf lebenslänglich erschossen, der Andere auf Fünfzehn Jahr eing'sperrt, der auf Sechs Wochen, noch ein Anderer kriegt a Medaille – und im Grund haben s' Alle das Nehmliche gethan.

REUE

Dafür is ja eben 's Heurathen erfunden, daß's nix mehr nutzt, wenn's einem reut; wenn die Reue nicht wär', wär' ja die Liebe genug.

REVANCHE

Mein Hirn sitzt schon als alte Bruthenn' auf dem Basilisken-Ei der Rache!

RHETORIK

Ich brauch' keinen Verstand, denn ich hab das Herz auf der Zungen.

&

Die Beredsamkeit is der Schneider der die Gefühle in Worte kleiden soll ich hab aber den Schneider nicht, drum haben meine Gefühle nix anzleg'n und Gefühle die nix anz'legen haben kann man nicht herzeigen vor d'Leut man muß sie immer verschließen.

RÜCKSICHTSLOSIGKEIT

Wo man hinschaut, giebts Liebhaber ohne väterliche Beistimmung, ohne Harmonie mit den erwachsenen Kinderwünschen, Herzensneigungen ohne Realisierungsmagen.

S

SAFARI

Da sollte man in Afrika, damit nicht so viel Unglück gschieht, eine allgemeine Ausstopfung der reißenden Thiere von Amts wegen anbefehlen.

SAPPHO

Liebe muß auf Zwey, sich gegenüberstehende Achtungen gegründet seyn. Könnte die Frau einen um Kost und Quartir, Leibskleidung und Recreationsgeld Liebe versprechenden Mann achten? könnte der Mann eine solche Frau achten, die einen solchen Mann achten könnte, der eine Frau achten würde, die ihn nicht achten kann, weil er sie nicht achten könnte, ohne in der Achtung seiner Frau zu verlieren? Ich und eine reiche Wittwe, das wär' g'rad' so, als wie die poetische Gutsbesitzerin, von der s' a Stuck aufführen, – Sapho hat s' g'heißen – die sich aus dem damahligen Circus gymnasticus einen griechischen Tagdieb nach Haus bracht hat. Selbstmord war der weltbekannte Ausgang dieser Histori, – sie hat sich in's Wasser g'stürzt, und er hat sich in's Stub'nmadl verbrennt.

SATIRE

–.–: Die Menschen lachen gerne.

–.–: Das wohl, wenn aber Einer nach dem Andern merckt, daß er bey die Satyren über sich selber gelacht hat, das bieldet eine Massa die einen's bitter nachtragt.

SÄUGLINGSPFLEGE

–.–: Sagen S' mir nur Herr Doctor, warum denn die Wieg'n abgekommen sind; ich glaubet halt, es wär' gut, *den* bey Zeiten ans Schaukeln zu gewöhnen, der sich auf den stürmischen Wogen des Lebens bewegen soll.

–.–: Das Schauckeln wirckt erschlaffend auf die Organe des Gehirns.

–.–: Dann haben Sie medizinisch Recht, aber politisch, zur Erzeugung der Stumpfheit, wär's gar nicht übel.

SCHADENFREUDE

Die Würze jeder Freude is ja die Dosis Schadenfreude, die dabei ins Spiel kommt. Hab ich ein Geld, so gfreuts mich, aber das Pikante dran is, daß andere kein Geld haben. Hab ich eine Equipage, so gfreuts's mich, aber das Interessante dabei is, daß andre z'Fuß gehn müssen; Hab ich eine Geliebte, oder ein Weib, so gfreut's mich, aber die Pointe is doch das, wenn mich andre drum beneiden. Drum eine Geliebte, die nicht einen andern sitzen laßt, wegen mir, so daß sich der andere halbtodt kränkt, die könnt mir gar nicht glücklich machen.

SCHADEN UND SPOTT

Das is der Hausbrauch der Welt, wenn man eine versetzt, dann sagt man „die dumme Gans“ – das is eine der schönsten Anmerckungen des Setzers.

SCHAF

Die Schaf', wenn s' fromm seyn, gehn viele in einen Stall, und wenn's donnert stecken s' die Köpf' z'samm; sonst is an ihnen nicht Bemerckenswerthes.

SCHAUSPIELER

„Wenn nächsten Sonnabend Ihre Darstellung als Franz Moor keine anziehendere ist –“ O du Viechkerl von eim Direktor, solche Bösewichter soll man anziehend darstellen! Das Laster muß abschrecken, und von mir zur Anschauung gebracht, kriegt es noch eine extra Widerwärtigkeit; die Kunst darf keine Apotheose der Halunkerei sein.

&

Is denn das a Sünd', wenn der Mensch a Acteur is?

SCHEINHEILIGER

Er is ein Scheinheiliger, und das waren von jeher curiose Heilige. Die Mahler können's nie verantworten, daß sie so viele wahre Heilige mit einen Schein auf die Bielder mahlen.

SCHICKSAL

Es ist etwas Prächtiges, das Schicksal zu sein, man tut rein gar nichts, und am Ende heißt es bei allem, was geschieht, das Schicksal hat es getan.

&

Ja, 's Schicksal is ein arabischer Partikulier, wir sind seine Kamel, 's legt uns die Lasten auf und fragt nicht, ob s' uns z'viel sind.

&

Es is wircklich Luxus vom Schicksal, daß es Pfeile schleudert, an seinen Fügungen sieht man ohnedem, daß es das Pulver nicht erfunden hat.

&

Aus der Urne des Schicksals werden die Lose des Menschen gezogen; wenn ich den Buben beuteln könnt, der das meinige gezogen hat, – ich thät's.

&

Wär' er nicht so reich, hätt' sie ihn nicht geheurath't; wär' er nicht so dumm, hätt' er sie nicht geheurath't, so aber is beydes der Fall, er hat Reichthum und Dummheit gesät, hat also müssen eine sekante Gattin ärndten. So schafft man sich selber sein Haus-Nemesiserl zur Privat-Marterey, und arbeitet so der großen Nemesis in die Händ', daß sie nicht ganz den Credit der Gerechtigkeit verliert.

&

Wirklich, bei mir is's schad, daß mich das Schicksal nicht auf einen höhern Posten gestellt hat, denn ich bin nicht jung, ich bin nicht schön, ich bin nicht reich, ich bin blos Verstandesmensch.

SCHILLER

Die Schillerischen Stück haben alle durch die Bank einen schlechten Schluß. Z. B. nehmen wir den „Don Carlos" „Ich habe das meinige gethan, thun Sie das Ihrige." Ist das ein Ausgang für ein honettes Stück? Nach meiner Bearbeitung

heirathet der Don Carlos die Prinzessin Eboli; Herzog Alba macht den Brautführer, und die Marquisin von Montican, die sie im 2. Act nach Frankreich fortschummeln, die kommt als Kranzeljungfer zurück. Das ganze schließt dann mit einem fröhlichen Auto-Kaffée.
– Mit dem „Wallenstein“ ist's nehmlich so. Seine letzten Worte sind: „Ich denke einen langen Schlaf zu thun.“ – Das ist so was Fades, da muß das Publicum einschlafen, es mag wollen oder nicht. Bei mir reitet der Wallenstein am Schluß in Wien als Courier ein, und bringt 's Extrablattl, daß die Schweden geschlagen sind. Das ist doch ganz ein anderer Ausgang? Und im „Fiesko“, das möcht ich wissen, für was kommt denn eine Verschwörung vor, für was denn die Dummheiten? Nach meiner Bearbeitung bleibt die Verschwörung ganz weg, und das Stück schließt mit der Privat-Komedie, die der Fiesko gibt, wobei sich die Familien Doria und Lavagna ungeheuer blamiren. – So wird doch der Schluß komisch; da müssen die Stuck einen Effect machen.

&

„Die Jungfrau von Orleans“ – Das ist nix. Die Zeiten des Aberglaubens sind jetzt vorbei.

SCHLAGFERTIGKEIT

–.–: Ich muß Ihnen sagen, ich hab' eine ungeheuere Grobheit bey mir.
–.–: Wollen Sie 's wechseln? ich geb' Ihnen d'rauf heraus.

SCHLAGWORTE

Ich spende in der Regel nie physische Püffe, ich halte es mit den geistigen Hieben, und diese auszutheilen, geben uns die lieben Mitmenschen Gelegenheit im Überfluß. Da glauben die meisten, zum Schlagen braucht man einen Stock, eine Reitgerte, oder die Hand; weit gefehlt. Die eigenen Worte des Menschen sind das, womit man sie am triftigsten schlagen kann.

&

In der neuen Zeit zanckt man sich doch nur mit Worten,
In der alten sagn s' nix, sondern thu'n eim ermorden;
In der neuen Zeit beuteln s' eim höchstens den Schopf,
In der alten verbrennen s' eim d'Burg übern Kopf;
Man schlieft durch die Erden fort, g'rad wie a Maus,
Bedanck' mich, da bringt man sein Geld nicht heraus.

SCHLOSSER

Ich hätt sollen ein Schlosser werden, aber wer Sinn fürs Freie hat, hab ich mir denkt, der kann kein Talent zu Schloß und Riegel haben.

SCHMEICHELN

A Bisserl schmeicheln, transeat, aber gar z' dick auftragen, das is schon a glatte Impertinenz mit ein'n g'stickten Überzug. Der Teufel möcht' reich seyn, wenn man sich den ganzen Tag müßt' hudeln lassen, lobgehudelt is auch gehudelt.

SCHNEIDER

Ich hätt sollen ein Schneider werden, da hab ich mir aber denkt, zu Grund gehn kann wohl jeder Mensch, aber gerade durch *die* zu Grunde gehn, die man kleidet, deren Blöße man bedeckt, dieser Undank muß zu schmerzlich sein, und ist doch das allgemeine Schneiderloos.

SCHRIFTEN

Drey Schriften giebt's, wo ein Messerschmied Millionär würd, wenn er Radierklingen dafür erfinden könnt. Die eine Schrift is die, die einem die Natur auf die Stirn geschrieben, die andere die, die einem die Liab in's Herz, und die dritte die man sich selber hinter die Ohren schreibt.

SCHRIFTSTELLER

Federkauen, das ist die naturgemäße Nahrung für einen Schreiber, dann kann er sagen, daß er von der Feder lebt; und wenn er auch verhungert, macht nichts, es leben noch immer zu Viele, die schreiben.

&

–.–: Er betreibt ein stilles abgeschiedenes Geschäft, ein Geschäft bey dem die Ruhe das einzige Geschäft ist, er liegt von höh'rer Macht gefesselt, und doch ist er frey und unabhängig, denn er ist Verweser seiner selbst – er ist todt.

–.–: Wie verschwenderisch er mit 20 erhabenen Worten das sagt was man mit einer Sylbe sagen kann! der Mensch hat offenbare Anlagen zum Litteraten.

&

Wenn ich auch nichts von der Schriftstellerey weiß, von die Schriftsteller weiß ich desto mehr. Man braucht ihnen nur Lobeserhebungen und Schmeicheleyen um's Maul zu streichen, so sagt jeder, „ah der Mann versteht's – tiefe Einsicht – gründliche Bildung".

SCHULD

Wenn Liebe eine Schuld seyn könnte, so könnt' man s' auf ein'n Dreißigkreutzer Stempel verschreiben, man könnt s' cedieren, exequieren, ratenweis' abtragen, wenn's eim auf Einmahl zu viel is. Es liegt wircklich ein kühner überg'würzg'wölblicher Materialismus drinn, dem Poetisch'sten aller Gefühle zuzumuthen, daß es nach der Paragraph-Pfeiffe der Pandecten tanzen soll.

SCHULDEN

Er hat ein Ohrfeigen von mir, die wird er mir z'ruckgeben wollen, – solche Schulden sind die einzigen, die so ein Kerl zahlt –

SCHULE

Die Welt is die wahre Schule, denn da lernt man Alles von selbst. In der Schul da muß man die Lectionen aufsagen, sonst is man dumm, wenn man aber in der Welt ein tüchtige Lection kriegt, so muß man still seyn, und gar nix dergleichen thun, dann is man g'scheidt. In der Schule wird man alle Tag verlesen, in der Welt wenn man da ein Mahl verlesen is, so is es genug auf ewige Zeiten. In der Schul muß man ruhig seyn, in der Welt is es just gut, wenn man recht viel Lärm macht. In der Schul habn s' extra eine Eselbank, in der Welt sind die Eseln auf allen Plätzen zerstreut. Darum herrscht auch nur in der Schule diese Indiscretion daß s' eim sagen können, „marsch auf die Eselbank"; in der Welt wenn ich in ein Gasthaus oder in ein Kaffeehaus geh' riskir' ich das nicht, oder wenn ich in ein Theater geh, da kann kein Sitzaufsperrer zu mir sagen „Ich bitt' Sie sind ein Esel, Sie g'hör'n auf diese Bank." Das geht nicht.

&

–.–: Du vernasch'st auch jeden Kreutzer, den du hast.

–.–: Wie haltet man denn sonst die Vier Stund aus in der Schul'? Ja, die Ausbildung der Kinder kost't Geld, umsonst is der Tod.

SCHWÄRMEREI

Das Schwärmerische war nicht der ächte Sternen-Auf-und Überschwung der Liebe; meine Schwärmerei war immer eine mühsame, herausgemauste Resignation, eine Melancholie mit Flinserln, eine düstere November-Allegorie mit einen falschen Maibuschen in der Hand.

SCHWIMMLEHRER

Der Mensch in jedem Stande is ein Schneiderproduct, denn das Kleid macht den Mann, nur beym Schwimm-Meister is das nicht der Fall. In jedem Stande is der Mensch verloren, wenn ihm 's Wasser in's Maul lauft, nur beym Schwimm-Meister is das nicht der Fall. Jeder Professor hat etwas Trockenes an sich, nur beym Schwimm-Meister is das nicht der Fall. Jeder Kunst macht man den Vorwurf, daß sie nach Brod geht, die Schwimmkunst allein geht rein nach Wasser –

SELBSTERKENNTNIS

Homo sum sagt der Lateiner, das heißt auf Deutsch: Ich bin ein Viehkerl.

SELBSTGENÜGSAMKEIT

Nein, Leut gibt's, daß man sich zu todt ärgern möcht! – Aber wegen was gift ich mich denn über die Andern? Ich hab an mir selbst Stoff genug dazu.

SELBSTIRONIE

Um andre für ein Narr'n zu halten braucht man nix als Leut' die einem an Dummheit übertreffen, um aber mit Vorsatz sich selbst für ein Narr'n zu halten, muß man sich selbst an G'scheidheit übertreffen.

&

Wenn man sich so recht selber für ein' Narren halt't, dann maus't sich der Geist doch in so weit heraus, daß er fähig is, wieder eine Axenumdrehung der Erde zu verknusen.

SELBSTMORD

Dann sag'n s' wieder, die Weltverläumder, wenn's schön wär'

auf der Welt, gäbet's nicht so viel' Selbstmörder, die sich 's Leben nehmen. Mein Gott, die Paar machen's nicht aus; es giebt weit mehr Selbstmörder, die sich 's Leben nicht nehmen, die sich g'rad durch das umbringen, daß s' zu lang auf der Welt bleiben; das is doch ein klarer Beweis, daß's ihnen da g'fallt.

&

Es giebt wohl viele, die ganz stolz den Selbstmord eine Feigheit nennen – sie sollen's erst probieren, nacher sollen s' reden –

SELBSTSICHERHEIT

Ich mir einen Vorwurf machen? nicht im Schlaf. Ich bin vollkommen einverstanden mit mir selbst, ich bin mein dankbarstes Publikum, mir gfallt Alles an mir, ich applaudir mich nach jeder Scene meines Lebens, ich ruf mich alle Augenblick heraus, und was mir bsonders gfallt, laß ich einigemal durch mich repetiren.

SENTIMENTALITÄT

Das zarte Sehnen, und das süße Hoffen is schon fabelhaft!

SEUFZEN

Verheurathete seufzen immer tiefer als die Ledigen.

SKLAVEREI

Der Diener is Sclav des Herrn, der Herr Sclav des Geschäfts. Erhaben ist die zweyte Sclaverey aber so biglem mit Genuß begabt als wie die erste.

SOPHISTIK

–.–: D' Madln hab'n mich alle ausg'lacht, weil ich so schlecht deklamiert hab.

–.–: Wer sagt denn das? Sie seyn in Berücksichtigung verschiedener Gedächtniß=Verhältniße bey'm ersten Vers stecken blieben, und haben dann die andern aus bescheidener Consequenz verschwiegen; ja das is ja noch nicht schlecht deklamiert.

&

Wie doch die Frauen immer nach dem Schein urtheilen! Willenlose Handbewegung, unabsichtlicher Dienstboth, zufällige Durchkreutzung der Handbewegungslinie durch die über's Zimmer schusselnde Dienstbothenwange – da muß man nicht gleich eine Intention d'rinn suchen wollen.

&

Wenn's darauf ankommt eine Geliebte zu betrügen, da ist der Dümmste ein Philosoph.

SOZIALHIERARCHIE

Gerechtigkeit hat das Schicksal keine, das is was altes, aber doch so eine Art Ausgleichungssucht, die manchmal bis zur Ironie ausartet; darunter gehört auch die Anordnung, daß es die am tiefsten Herabgekommenen in die höchsten Bodenkammerln hinauf verweist.

&

Bey der Lieb muß man die Augen niederschlagen, und da gschieht's dann leicht, daß sie auf ein Gegenstand fallen, der unter einem ist.

&

–.–: Sie muß von ihrer Höhe auf ihn herabkokettiert haben, sonst wäre es nicht denckbar.

–.–: Mein Gott, die Liebe mit ihrem Egalisierungs-Prinzip –
–.–: Eine Meisters Tochter und ein Gesell –
–.–: Die Praxis hat noch größere Abstände aufzuweisen; was hat die Libussa für ein subordiniertes Verhältnis gehabt, und wie oft sind Feen-Prinzessinnen von ganz ordinären Nimpherer geliebt worden.

SOZIALKRITIK

Sie sagen, „wer nicht arbeit't, der soll auch nicht essen" – und wissen gar nicht wen Sie allen mit diesem Ausspruch zum Hungertod verdammen.

&

Wenn Müssiggang aller Laster Anfang ist, so seh' ich nicht ein warum gerade die arbeitende Klasse schlecht seyn soll.

SOZIALPARTNERSCHAFT

Die Vorsehung hat mit die Reichen, mit die Glücklichen zuviel zu thu'n, für die Armen bleibt ihr ka Zeit.

&

Morgenstund hat Gold im Mund, ist für die Prinzipals gesund, doch richtet's die Comis zu Grund'.

&

Herrn giebt's nur, so lang's Bediente giebt; ohne Bediente sinkt Jeder Herr zum Stiefelputzer seiner Selbst herab.

&

Wier Menschen seyn auf der Welt einer den andern zu helfen. Ich brauch' eine Arbeit, und der Meister braucht Leut, die arbeiten; also nimm mich der Meister in Dienst, so is uns allen zwey'n g'holffen.

&

Will die Herrschaft ordentlich bedient seyn, muß sie uns immer auf'n Hals haben, und ihre Geheimnisse und Angelegenheiten sind unserer Discretion überlassen.

SPEKULATION

Männer sind immer zu Füßen, wenn sie auf a Hand speculieren.

SPEZIALAUSBILDUNG

Ich hab' einen Zieg'ldecker gekannt, der wie eine Katz herumg'stiegen is auf die höchsten Dächer, und bey'm Nachhausgeh'n, is er fast täglich auf 'n eb'nen Boden g'fall'n; – ich hab einen öffentlichen Redner kennt, der hat sich z' Haus ka Wort z' sagen traut – ich hab einen Sesseltrager kennt, der hat die dicksten Herrn g'tragen wie nix, und seine hagere Gattin war ihm unerträglich – mit ein'n Wort, das menschliche Talent is meistens nur in einer speciellen Richtung ausgebieldet.

SPIELEN

's Komödispiel'n is aber keine Kunst, es is eine reine Comödispielerey.

SPIESSBÜRGERLICH

Genial ist nur die Ledigkeit, Heirat ist Spießbürgerei.

&

Allein in die Welt gehen ist keine Kunst, ich thue es aber mit faktischer Gattin und problematischer Descendenz. Das verleiht der spießbürgerlichen Heirat das Diplom der Genialität.

SPIONAGE

Spioniren ist eine schöne Sache, man verschafft sich die Genüsse des Diebes, und bleibt dabey ein ehrlicher Mann.

SPIRITISMUS

Mich hat ein Schwärmer von Profession versichert, das Reitzendste is das, wenn von Zwey Liebenden Ein's früher stierbt, und erscheint dem Andern als Geist. Ich kann mich in das hineindencken, wenn sie so dasitzet in einer Blumennacht am Gartenfenster, die Thränenperlen vom Mondstrahl überspiegelt, und es wurd' hinter der Hollerstauden immer weisser und weisser, und das Weiße wär' ich, – gänzlich Geist, kein Stückerl Körper, aber dennoch Anstandshalber das Leintuch der Ewigkeit über 'n Kopf – ich strecket die Arme nach ihr aus, zeiget nach Oben auf ein'n Stern, Gotikeit, „dort werden wir vereinigt" – sie kriegt a Schneid auf das Himmelsrendezvous, hastesnit g'seh'n streifft die irrdischen Bande ab, und wir verschwebeten, verschwelgeten und verschwingeten uns in 's Remonblaue des Nachthimmels – ah ja, das kann sehr schön seyn, – aber ich bin doch zu wenig Geist dazu, und extra deßtweg'n a Geist werd'n, da laßt sich der Zehnte nicht drauf ein.

SPRACHE

Von Schmeicheley kann da nicht die Rede seyn wo die Wahrheit bey der knickrigen Sprache vergebens um Ausdrück bettelt.

STATISTIK

Unter Hundert Einwohnern giebt es immer Einen Geizhals, Fünf Sauffer, Einen Gelehrten, Fünf G'scheidte und 88 Verliebte.

STATUS, SOZIALER

Du bist reich und dumm, da giebt's eigentlich nix Unverzeihliches.

&

O, es is ein bitteres Gefühl, wenn man oft so hungrig is, daß man vor Durst nicht weiß, wo man die Nacht schlafen soll!

STEREOPHONIE

Insofern Mann und Weib ein Leib sind, können auch beyde zugleich reden.

STEUERN

Weh dem, der heutzutag zum Mittelstand gehört, denn das is der eigentlich gebrandschatzte. Der Arme der nix hat, der behält das Seinige, und der ganz Reiche, der thut sich nicht weh.

STRAFRECHTSREFORM

Ein Kercker von Jetzt is ja nit wie a Kerker von Eh'mahls; auswendig rauhe Strenge, inwendig nix als Humanität, das is g'rad so als wenn ein Lodener Geperneck a seidenes Futter hat.

STRAFVOLLZUG

–.–: Fangen S' nicht wieder zum schimpfen an! der Testaments-Executor hat Ihnen schon einmahl als Verläumder einsperren lassen –

–.–: Und glauben Sie, ich hab' seitdem nicht Hundertmahl ärger g'schimpft? – O, wie wenig kennen Sie die Wirckung des Arrestes!

STUDIEREN

Ich habe Ihren Vater, ehe er in die Residenz zog, oft gewarnt, Sie nicht studiren zu lassen. Doktor Faust ist auch ein Student gewesen. Nichts führt leichter auf Abwege, als zu großer Durst nach Wissen.

&

Lied
1.
Zum lernen und studirn könnt mich gar nix bewegn,
Ich bin einziger Sohn, und d'Mama hat Vermögn;
Zu was wär das gut, wenn ich 's Hirn mir anstopf,
Nur wer wenig in Sack hat, der braucht viel in Kopf.
Auch findn an d'Gelehrten die Mädln kein Gschmack,
Ein Esel mit Geld steckt fünf Newton in Sack,
Professors, die in Disputationen brilliren
Quäln sich Jahrlang ein'm Mädl was aufz'disputirn,
Mit Brillantn und Brac'letten geht Alls in Ein Tag,
Drum sag ich, 's Studirn is a unnöth'ge Plag.
2.
Als *Bub* habn s' mir beibringen wolln d'fremden Sprachen,
Habn mich aber nicht dran kriegt mit die faden Sachen.
Zu was französch lernen, die Müh is so groß,
Wenn ich Thaler herzeig, versteht's jeder Franzos;
Meine Wünsch thut a Russin, a Türkin errathen,
Ich brauch nur so umz'scheppern mit die Dukaten;
Und kommt man in Noth, und muß zu die Leut gehn,
Um a Geld sie anz'reden, o nein, da verstehn
Die wenigsten deutsch, gschweignst erst sonst eine Sprach,
Drum sag ich, 's Studirn is a unnöth'ge Plag!

&

Ja studieren! wenn 's Gold vom Studiern käm, könnt's keine armen Gelehrten und keine reichen Stockfisch geben.

SUBJEKTIVITÄT

Nicht auf 'n Gegenstand, sondern auf das spielende Subject kommt es an, ob die Unterhaltung eine unschuldige is. Mein Vater hat in seiner Bubenzeit Scharfrichterskinder g'seh'n, die haben sich a Schaffot-Brettl über a alte Folterbanck g'legt, und haben sich d'rauf gehutscht.

SUBVENTION

–.–: Theater? Is das nicht eine freye Kunst?

–.–: O ja, so frey daß sie nicht besteh'n kann, wenn sich Niemand drum annimmt.

SURROGAT

Das wär sehr traurig, wenn der Unbedeutende nicht auch Anspruch auf ein braves Mädl hätt; und bei diesem Anspruch bescheiden sein, wär eher eine Niederträchtigkeit, als eine Tugend. In gar Vielem kann und soll sich der Mensch behelfen, sich mit dem Minderen begnügen, wenn er 's Bessere nicht haben kann. Wer's auf kein Paperl bringt, der spendirt sich zwei Laubfrösch vors Fenster, – wer kein'n Kammerdiener hat, kauft sich ein Stiefelknecht um sechs Groschen, – wer nicht als nobler Kridatar auf seine neugekaufte Villa in d'Schweiz kann fahren, der geht dem Schuster mit a paar Juchtene durch, – wer eine Neapelreis z' kostspielig find't, um den feuerspeienden Vesuv zu sehen, der schaut sich um a zornige Kräutlerin um – kurz, für Alles hat der Geringere ein Surrogat, und kann das Echte dem Höhern überlassen; – aber was den Punkt der Familienehre betrifft, da steht der Unbedeutende dem Größten gleich, und hat eben so gut das Recht, das Makelloseste zu begehren.

T

TAKTIK

Um verstimmte Frauen umzustimmen gibt es, die Präsenten ausgenommen, nur zwey Stimmschlüsseln, der eine heißt Imponiren, der andere nieder knien.

TANZEN

Wozu tanzt der vernünftige junge Mann? – denn ein alter tanzt nicht, wenn er vernünftig is – tanzt also der junge Mann, um durch eine verruckte Herumhupferey eine ordentliche Bewegung zu ersetzen? Gewiß nicht, denn das wäre unvernünftig. Tanzt er um Grazie zu zeigen? gewiß nicht, denn wenn er Grazie hat, is er kein Mann; dem Mann is nur der Anstand placidiert, und den zu zeigen, muß er bessere Gelegenheit finden, als eine Quadrill. Es wird gewiß Niemand daran zweifeln, daß die Ballettänzerinnen Frauenzimmer sind, – und zwar comifoe – aber zu der Idee sich aufzuschwingen, daß ein Ballettänzer ein Mann is, da g'hört viel dazu. – Keine Absprünge! – also, wozu tanzt der Vernünftige? – Er tanzt, weil Musick und Ballgeräusch vollkommen die stille Einsamkeit ersetzen, in der man unbelauschte Worte flüstert, weil in gewissen Walzer- und Quadrill-Momenten der strahlende Ball zur schattigen Laube wird, in der man an Wesen, welche Einsamkeit und Laube fliehen würden, die erste Annäherung riskieren kann.

TARIFVERHANDLUNGEN

Wenn man die Nachsicht des gereizten Armen braucht, soll man ihn am wenigsten erinnern an die angeborne Feindschaft zwischen Arm und Reich.

TÄUSCHUNG

Am End können die Leut merken, was sie wollen, wenn s' uns nur Anfangs für was halten.

TELEGRAFIE

Das Papir ist geduldig wird schier abkommen weil auch der Telegraf sehr geduldig ist.

TERROR

–.–: Sei meine Geliebte, sag ich, oder ich thu dir alle möglichen Grobheiten an.

–.–: Das wäre eine ganz neue Manier, Herzen zu erobern.

THEATER

Eine gute Bühne ist nehmlich die, wo in jeder Loge ein Millionär, und auf jedem Fauteuil ein Capitalist sitzt; da hat man doch Hoffnung, die sich dann und wann zur Möglichkeit, manchmal sogar bis zur Aussicht steigert.

THEATERKRISE

1.
In mancher Famil lachen d'Töchter beständig,
Auch die Söhn sein fidel, na die lachen unbändig,
Die Mutter, der Vater von Fruh bis auf d'Nacht,
Lachen eins über das, was das andere macht;
Und die Dienstleut die lachn ihre Herrnleut brav aus,
Das Lustspiel nimmt gar kein End in so ein Haus –
Doch a andre Famil trifft des Schicksals Hand schwer,
Drei Töchter, und Jede hat a eignes Malheur;
Zwei Söhne, wo keiner ein Kreutzer erwirbt,
Der eine wird Lump und der bravere stirbt.
Der Vater voll Schulden wird zum Menschenhasser,
Hat kein Geld auf ein Wein mehr, drum rennt er ins Wasser,
Und fürs Geld in ein Trauerspiel gehn sollt der Mann
Für ein Freibillet thät er ein Grobheiten an,
So thut's in Privatlebn zugehn
Ja da kann kein Theater bestehn.
2.
's gibt Ehleut die habn sich so überhapps gern
Und im Grund thut sich doch keins ums andre viel schearn
Bald steckt sie in Intrign, bald kommt er in a Wäsch,

Alls, was reden und thun, is halb deutsch, halb französch –
Oft sein s' sentimental, und habn doch ka wahres Gfühl
Solche Leut sind ja selbst ein lebendigs Vaudevill –
In ein andern Haus habn s' einen Sohn, einen großn,
Der nix lernt, theils sich selbst, theils den Ältern zum Possn.
Der Mann sagt: Madam, ich komm heut nicht zu Haus
Und sie thut ihm den Possen und macht sich nix draus.
Die Frau wünscht den Mann a paar Stunden weit weg
Jetzt thut er ihr den Possen und geht nicht von Flek.
Thäten solchen Leut Possen anschaun, wär das klug?
Sie spieln sich ja Possen – z'Haus mehr als genug.
So thut's in Privatlebn zugehn
Ja da kann kein Theater bestehn.
3.
Ein Mann darf nix reden, sonst nimmt's die Frau krumm;
's Tanzt ihm d'ganze Famili auf der Nasen herum;
Der Frau ihre Macht immer mehr um sich greift,
Der Mann muß rein tanzen, so wie die Frau pfeift.
Sonst macht s' ihm ein Tanz, daß Hör'n und Sehen ihm vergeht
So a Mann hat ja 's ganze Jahr z'Haus sein Ballet –
Das Mädl muß den heiraten, ein'n andern hätt s' gern,
Da wird sie Lucia, thut wahnsinnig wern;
Den Mann lassen d'Gläubiger einsperrn aus Grimm,
Seine Frau, als Fidelio, drängt sich zu ihm.
Um eine Vestalin steigt a Don Juan herum
Ihr Geliebter is Othello, der bringt s' völlig um.
Solche Leut gebn für d'Oper kein Kreutzer Geld aus
Sie habn deutsche und wällische Oper zu Haus.
So thut's im Privatlebn zugehn
Ja da kann kein Theater bestehn.

THEOLOGIE

Der Mensch ist das Wesen, welches die oberste Stufe in der sichtbaren Schöpfung einnimmt, welcher sich sogar für das

Ebenbild Gottes ausgibt, worüber sich jedoch Gott nicht sehr geschmeichelt fühlen dürfte.

TOD

Wier sind alle Delinquenten die der Scharfrichter Tod mit dem Rad der Zeit zerschmettert.

&

Ja, Tod! du bist eine eigene Sache, du Tod du! – schauerlich durch Räthselhaftigkeit, und wärst vielleicht noch schauerlicher, wenn das Räthsel gelöst wär'; – aber die Würmer können nicht reden, sonst verratheten sie's vielleicht, wie gräßlich langweilig den Todten das Todtseyn vorkommt.

&

Bey jeder Trennung, folglich auch beym Tod, ist der Zurückbleibende Theil immer übler d'ran. Das Scheidende divertiert sich an der Novität des Himmels, der Zurückbleibende muß sich mit längst geschmeckten irdischen Freuden behelfen – es is gar kein Verhältniß.

&

Das Lügen is eine Erfindung *von* und *für* Lebendige, im Tod muß Wahrheit seyn, schon deßtwegen, weil er der Gegensatz vom Leben is.

TOURISMUS

Die erste Reis in mein'm Leben wär jetzt vollbracht,
Und was hab ich Alls für Erfahrungen gmacht,
In ein Wirthshaus hat uns der Kellner betrogn,
Im andern waren die Better nit weiß überzogn,
Im dritten warn z'rissne Salveter aufm Tisch,
Im vierten warn die Kälbernen Schnitzl nit frisch,
Ja, so was erlebt man halt selten zu Haus,
Drum 's Reisen, das bildet den Menschen erst aus.

TRAGÖDIE

Die Eh' ist auf jeden Fall ein Trauerspiel, weil der Held oder die Heldinn sterben muß, sonst wird's nicht aus.

TRÄNEN

Mitn Lachen hat noch keine was ausg'richt't gegen ein Mann; in der Thränenvergießerey allein besteht eure traurige Oberherrschaft, und leider giebt es wahre Virtuosinen im Weinen.

&

–.–: Ich find nix Schöns am Weinen.
–.–: Na ja, hier is auch nicht die Red von Thränen, die in blaue Vortücher fallen, sondern von Thränen, die in battistenen Schnopftücheln intressant aufgfangt wer'n. Wenn a Kuhdirn zum Flennen anfangt „Du abscheulicher Ding, zuerst thust, als wennst sterbest vor Lieb, und jetzt laßt mich sitzen" – ja das laßt kalt; wenn aber einer Dame das Auge überströmt „Verräther so lohnst du meine Liebe? nur im Grabe find ich meine Ruhe wieder" – so was macht einen wahnsinnigen Eindruck.

TRAUM

Die Träum' verrathen mir's, daß es auf die Neig' geht, ich mein' die wachen Träum', die jeder Mensch hat. Bestehen diese Träume in Hoffnungen, so is man jung; bestehen sie in Erinnerungen, so is man alt. Ich hoff' nix mehr, und erinn're mich an Vieles, ergo alt, uralt, Greis, Tatl.

TREUE

Sie hat eine reine Seele, aber es legt sich der Staub der Eitelkeit drein, und das bringt Gefahr für die Treue.

&

Mit der gleichen Richtung allweil fort, is das nicht so leicht. Der G'vatter hat's g'wiß schon oft probiert, wenn er sich recht müd und matt in's Bett g'legt hat, so auf'n Arm *(Marquiert die Stellung.)* die Stellung is göttlich, man is wie in Himmel – jetzt nur zwey Stund in der Stellung bleiben, so thut eim alles weh man halt die Göttlichkeit nit aus, und das Himmlische wird eim unerträglich, nur nit in derselben Richtung – und das is nur ein Arm. Wie kann man also das was ein starker Männlicher Arm nit Aushalt, von ein schwachen weiblichen Herzen begehren, daß 's allweil in einer Richtung bleib'n soll – nur nit unbillig seyn.

TRIEB

Ich kann nix davor, wie mir Eine vors Gsicht kommt, gleich keimt Liebe. Ich werd mir das abgewöhnen einmal bei Gelegenheit.

TRINKEN

Wenn man die Schulden vertrinken könnte, wär' ich längst schon ein rangierter Mann.

U

ÜBEREINSTIMMUNG

Eine Lieb' is das, die wir hab'n – ich zu ihr, und sie zu mir, das ist das Gegenseitigste, was man sich nur denken kann.

UMTRIEBE, KOMMUNISTISCHE

Es droht dem Privatmann eine eigene Gattung kommunistischer Umtriebe, wenn man ein saubers Weiberl hat; um diese hintanzuhalten, braucht man die ganze Politik für sein Haus.

UNABHÄNGIGKEIT

–.–: Sie sind ein unabhängiger Mann.
–.–: So unabhängig, daß ich mich nur aufhängen müßt, um in eine abhängige Lage zu kommen.

UNBESTECHLICHKEIT

Ein Mensch, der kein Geld nimmt. Das is über ein'n Staarl, der kein'n Mehlwurm frißt.

UNDERSTATEMENT

Der Herr in einfache Nonchalance gekleidet, der Bediente vergoldt, wie eine Nuß an ein Weihnachtsbaum, das is Nobless'.

UNGEDULD

Meine Geduld setzt den Hut auf, und ich seh s' völlig nachn Stock greifen, mir scheint, sie geht aus.

UNTERHALTUNGSSCHRIFTSTELLER

Bis zum Lorbeer versteig' ich mich nicht. G'fallen sollen meine Sachen, unterhalten, lachen sollen d' Leut', und mir soll die G'schicht a Geld tragen, daß ich auch lach', das is der ganze Zweck: G'spaßige Sachen schreiben, und damit nach dem Lorbeer trachten wollen, das is eine Mischung von Dummheit und Arroganz; das is g'rad' so als wie wenn einer Zwetschken-Crampus macht, und giebt sich für einen Rivalen von Canova aus.

UTOPIE

Welcher Entdecker hat das schon bemessen, wie weit sich die äußersten Vorgebirge der Möglichkeit ins Meer der Unmöglichkeit hinein erstrecken?

UTOPIE, SOZIALE

Wenn die reichen Leut' nit wieder reiche enladeten, sondern arme Leut', dann hätten alle g'nug z'fressen.

V

VAKUUM

Man war lange Zeit der Meinung daß es in der Natur keinen leeren Raum gebe, diese Behauptung wurde durch verschiedene Menschenköpfe wiederlegt in denen sich ganz leerer Raum vorgefunden hat, auch hört man die Theaterdirectionen nahmentlich im Sommer sehr viel über leere Räume klagen.

&

Nein was ein Vater aussteht der einen Buben hat, das kann nur ein Vater beurtheilen der ein Mädl hat, denn der steht 's Doppelte aus.

VEILCHEN

Erlauben Sie, daß ich gegen das ganz unverdiente Renomée dieser Blume einen Einspruch thu'. Das Veilchen drängt sich z'allererst hervor, kann's kaum erwarten bis 's Frühjahr wird, überflügelt sogar das Gras, damit's nur ja früher als alle andern Blumen da is auf'n Platz, wo steckt da die Bescheidenheit?

VERABSCHIEDUNG

Packen Sie Alles, das heißt sich selbst und Ihre Sachen, wir leisten auf jedes Andenken Verzicht.

&

Der Vernünftige sieht im Fortjagen nur eine Einladung, zu einer günstigern Zeit wiederzukommen –

VERANTWORTUNG

Das Mündelbewachen muß sehr ein unangenehmes Geschäft seyn.

VERANTWORTUNG, KOLLEKTIVE

Wer kann bey der jetzigen Krisis in Europa sagen, „ich war nicht dabey.“ –? Die Revolution war in der Luft, Jeder hat sie eingeathmet, und folglich, was er ausg'haucht hat, war wieder Revolution. Da muß sich Keiner schön machen woll'n.

VERBOT

Verboth ist die Leibfarb der Lieb', das is nur ein Zufall, wenn sich Wunsch und Erlaubniß bisweil'n begegnen auf der Welt, und auf solche Zufäll' zu warten da kommet man der Sehnsucht g'rad z'recht damit.

VERBRECHER

Die Seel' eines Verbrechers ist eine Nachteulen, beym Tag is sie stumpfsinnig, aber wie's dunkel wird flattert s' auf, und mit der Finsterniß wachst die Klarheit ihrer Katzenaugen – in jedem Winckel eine bleiche Gestalt –

VERDIENST

Was? du halbeter Professor von alle Siebn Sachen, kannst dir mit deiner Weisheit nicht selbst die Karbonadln des Genusses aufs saure Kraut des Lebens legen?

VERDRÄNGUNG

Ich habe auch meine Stunden der Empörung, aber ich verstecke sie, weil ohnmächtige Empörung lächerlich ist. Da ich nicht stolz seyn konnte bin ich demüthig geworden, um mir die Schaam zu ersparen erniedrigt zu werden.

VERFÜHRBARKEIT

Is eine zum abfischen, so wird sie auch abgfischt, und da is es immer viel besser es fischt ein s' ein feindlicher Freund vor der Hochzeit ab, als es fischt ein s' ein freundlicher Feind nach der Hochzeit ab.

VERGANGENHEIT

's Fatalste bey die früheren Verhältnisse is, daß sie oft später aufkommen thu'n.

&

Die Vergangenheit ist ein im Dunklen befindliches Gemälde, wenn da die Neugierd ein Licht hinsetzen will, muß augenblicklich die Diskretion wieder den Schirm vorstellen.

VERGESSLICHKEIT

–.–: Vergessen Sie nicht, daß Sie Bräutigam sind.
–.–: Is wahr. Ich muß mir einen Knopf ins Tüchel machen.

VERHALTEN, KONVENTIONELLES

So ein Lächeln muß eine spanische Wand seyn, hinter welcher man alle seine Gefühle und Empfindungen vor den Leuten versteckt.

VERHALTEN, SOZIALES

Wer kein Paradies hat, der soll nicht auf Engeln tipfeln. Eine solche Frau kann der auf Proletariat's-Renten Angewiesene nicht ernähren. Der in niederer Hütte Gebor'ne, und in hohem Bodenkammerl Auferzogene muß sich an das Billige halten.

&

Eine Baroninn um die Mitt' nehmen als wie a Bauerndirne aum Kirtag, das geht ja in's Attentatische hinüber.

VERHALTEN, ZEITGEMÄSSES

O, heutzutag reißt man sich die Haare nicht aus wegen einem Mädl, man laßt sich s' lieber frisch brennen, um auf a andere zu kokettieren.

VERHÄLTNIS

Wenn es sich um so Mädln, Haubenpuzerinnen, Nätherinnen, Seidenwinderinnen ectr handelt, da heißt dieser chemische Herzensprozeß nicht einmahl „Liebe", da wird das Ding nur Bekanntschaft genannt, und mit dem veränderten Nahmen entsteht auch in der Sache ein himmelweiter Unterschid. Bey der Liebe nur wird man bezaubert, bey der Bekanntschaft, da sieht man sich gern; bey der Liebe nur schwebt man in höhere Regionen, bey der Bekanntschaft geht man in einen irrdischen Garten wohin, wo 's Bier gut, und 's Kälberne Bratl groß is, bey der Liebe nur heißt's, „er is treulos, meineidig, ein Verräther", bey der Bekanntschaft heißt's bloß, „jetzt hat er a neue Bekanntschaft gemacht"; die Liebe nur hat so häufig einen Nachklang von Zettermordio-G'schrey der Aeltern, bey der Liebe nur krampeln sich Familienverzweigungen ein in alle Fasern unserer Existenz, so daß oft kein Ausweg als Heurath bleibt, bey der Bekanntschaft wird bloß ein Cyclus von Sonntäg, maximum ein ganzer Fasching praetendirt, ewige Dauer is da terra incognita, und lebenslängliche Folgen sind da gar nicht modern.

&

–.–: Ich liebe ein braves aber armes Mädchen.
–.–: Aha! Morbus cordialis prolaetaria, hm, – wird bey jungen Herrn, wie Sie, selten eine Todeskrankheit.

VERHÄLTNISSE

Bey die Zeitverhältnisse noch solche Privatverhältnisse –! muß denn a jed's Madl ein'n Liebhaber hab'n!, wird denn das gar nie abkommen? Sechstausend Jahr schon allweil die G'schicht', und gar ka Aussicht auf Änderung – o, Gott!

&

Es ist nun einmahl so in der Welt; des Menschen Wunsch ist kein freyer Vogel, engvergittert muß er bleiben im Käfig der Vernunft, denn läßt man ihn flattern durchs Gebäude des irdischen Treibens, stößt er überall an den schroffen Wänden der Verhältnisse an.

&

Die Macht der Verhältnisse ist der Absolutismus des Daseyns, des Schicksals unabschneidbarer Zopf.

VERHUNGERN

Das Imbettliegenbleiben soll eine Erleichterung des Verhungerns sein, man hat darüber in neuester Zeit in England viele Versuche gemacht.

VERKEHRSMITTEL

Ein Stellwagen ist das pfiffigste Wesen auf der Welt weil er ohne Unterschied des Standes jeden Menschen aufsitzen laßt.

VERLOCKUNG

Nur Dukaten fallen lassen und sie laufen der Schiechesten nach wie die Pummerln.

VERMÖGEN

Sie liebt mich, aber sie hat Vermögen, folglich is es nicht das

Polypenartigeanklammern eines geldlosen Wesens an einen Mann, dem das Wort Heurath entschlüpft, sie weiß; die unauflöslichen Seeligkeiten kommen ihr nicht aus.

&

Warum soll ich s' denn heurathen, wenn es sich nicht rentiert? Der Ehstand, wenn er kinderlos is, is um 50 Prozent kostspieliger als der ledige; Kommt Familie so steigt es auf 100 Prozent; Gall und Verdruß kann man auch auf a etliche Prozent anschlag'n, ergo muß die Frau immer etwas mehr Vermögen haben als der Mann, sonst schaut für unserein ein klares Deficit heraus.

VERSICHERUNG

Eine Million ist eine schußfeste Brustwehr', über welche man stolz hinabblickt, wenn die Truppen des Schicksals heranstürmen wollen.

&

Ich sage, wenn sich 's Unglück über ein Millionär trauen will, das kommt mir g'rad' so vor, als wie wenn ein Stallpummerl auf ein Elephanten bellt.

&

Vor'm Feuer kann man ein Haus assecurieren lassen, aber an eine Assecuranzanstalt vor Gläubigern hat man noch immer nicht gedacht; und doch werden offenbar mehr Häuser den Gläubigern als den Flammen zum Raube.

&

Für Alles giebt's ein Mittel, daß es eim nicht wegkommt; 's Geld legt man in die Bank, Ducaten näht man sich in ein'n Brustfleck, die Häuser assecuriert man, die Uhren giebt man in's Versatzamt, und nur für die Gattinnen giebt's kein Präservativ! – das ist der wunde Punct der Civilisation!

VERSTAND

Der Verstand muß Haushofmeister des Herzens seyn, und sprechen da noch so viele Gäste auf einmahl ein, der Haushofmeister, der muß das alles rangieren.

VERTRAG

's Durchgehn is erst so in Schwung seitdem die Contract' existieren.

&

Sie werden doch Verträge nicht als etwas hinstellen wollen, was man hält? Lesen Sie künftighin fleißiger Zeitung.

VERTRAUEN

Das Weibereinsperren heißt nichts, das is türkisch, und ein solider Ehmann muß alles Muselmännische vermeiden. Gelt Henderl? Vertrauen is das Erste, blindes Vertrauen, nacher sieht man erst, wie brav die Weiber seyn.

VERWANDTSCHAFT: MUTTER

's is halt doch ganz was anderes, eine Mutter, als ein Vater, und schad grad Mütter kann man nie mehr als eine einzige haben.

VERWANDTSCHAFT: ONKEL

Es is oft schwer die Vaterschaft zu beweisen, wenn nicht Muttermähler vorhanden sind, aber für die Onklschaft giebt's gar keinen Beweis.

&

Er ist ihr Onkel und das gränzt schon so nah' an Vater, als wie das schwarze Meer an den Phosphorus.

&

Freveln Sie nicht an der ewig schaffenden Kraft, die selbst ihre scheinbaren Mißgriffe weise paralisierte. Sie hat die Neffen geschaffen, gut, sie schuf allerdings auch deren Gläubiger, das war nicht gut, doch dieses Mißverhältniß gleicht sie durch die Existenz der Onkeln glorreich wieder aus.

&

Ein alter Orthodoxe behauptete, daß es in der Hölle einen eigenen Platz gebe, wo die Neffen brennen, die ihren Onkeln ungehorsam sind; ohne darüber in pro und contra's einzugehen, werde ich ganz einfach gehorchen.

VERWANDTSCHAFT: TOCHTER

–.–: Ihr Vater hat lange Finger –
–.–: Das hat auf die Hand der Tochter keinen Einfluß,

VERWANDTSCHAFT: VATER

–.–: Wer war denn Sein Vater?
–.–: Ahnenstolz war nie meine Sache, soweit zurück hab ich auch deßtwegen meinen Stammbaum nie untersucht.

VISION

Das sind Phantasiegespinste, in den Hohlgängen des Gehirns erzeugt, die manchmal heraustreten aus uns, sich Krampusartig aufstellen auf dem Niklo-Markt der Einsamkeit, erlosch'ne Augen rollen, leblose Zähne fletschen, und mit drohender Knochenhand aufreiben zu modrigen Grabesohrfeigen, das is Vision.

VOLKSVERTRETER

Volkvertreter – und kann nichts vertreten als seine Stiefeln.

VORDRUCK

Liebesbriefe zu schreiben, das könnt überhaupt ganz abkommen, und ein Lithograf machet da ein prächtiges Gschäft dabei. Man brauchet ja nur vier Formular, eins mit einer Liebeserklärung, eins mit einer Eifersucht, eins mit einer Versöhnung und Bestellung, und eins mit einen gänzlichen Bruch.

VORURTEIL

Das Vorurtheil is eine Mauer, von der sich noch alle Köpf die gegen sie ang'rennt sind, mit blutige Köpf zurück gezogen haben.

W

WAHRHEIT

Wahrheit ist das erhabenste, drum kann man's nicht jedem auf die Nase binden.

WANDEL

Alles Irdische ist wandelbar, und ich bin nicht da um Ausnahmen in der Weltordnung zu statuiren.

WARNUNG

Gehn S' weiter, eh die höchste Erbitterung meiner Hand eine Unterkunft in Ihrem Gesicht anweist.

WELTHERRSCHAFT

Ein königliches Paar sitzt seit Anbeginn auf dem Erdenthron und regiert den staatlichen Menschenbund; „Egoismus" heißt der Herrscher, die Herrscherin heißt „Eitelkeit,“ und die nimmersatten Leidenschaften bilden ihr unverantwortliches Ministerium –

WELTTHEATER

Es scheint fast die Mutter Natur habe, als sie mich schuf, einen Regisseur zu Rathe gezogen, sonst könnt' ich unmöglich so brillant in die Scene gesetzt seyn.

WIENER

Ich bin ein geborner Wiener, uns ist das nothwendig zum Glücke, daß wir ein armen Teufel was Guts thun.

WIRKLICHKEIT

Wircklichkeit is immer das schönste Zeugniß für die Möglichkeit.

WISSENSCHAFTEN

–.–: Hör auf, wie kann die Lieb einen Menschen so niederbrakken, der Weisheitgepanzert, Wissenschaftgestählt, dem ruhestörenden Leidenschaftsgesindel entgegentritt.
–.–: Was vermag alle Weisheit gegen die Stimme, die im Herzen spricht.
–.–: Ach geh! sollte die Botanik, die die ganze Vegetation des Erdballs, wie Schulbubn in Klassen sortirt, nicht ein Kräutel wissen, gegen süße Gifte, worunter offenbar die Liebe gehört? Sollte die Rechtswissenschaft nichts Rechts wissen, wie man den Herzen sein Recht abstreiten kann? Sollte die Mathematik, die so gschickt is im Wurzel ausziehn, nicht im Stande seyn, einen dalketen Liebespfeil auszuziehn, der im Herzen wurzelt? sollte jene einfache Wissenschaft, die

sich so arrogant die doppelte Buchhaltung nennt, die so viel mit „*haben*“ und „*soll*“ herumwirft, dir nicht gezeigt haben, daß man hier *(aufs Herz deutend)* nix *haben soll*?!

WITWE

Der große Unterschied zwischen die indischen, und die europäischen Wittwen; die indischen verbrennen sich selbst, und die europäischen setzen andere Leut in Feuer und Flammen.

WOHLFAHRT

Mein Wunsch ist, mir neuerdings ein Haus zu bauen, wozu ich Sie demüthig um eine kleine Unterstützung bitte.

WOHLTÄTIGKEITSFEST

Der Glanz alles Glänzenden wird durch schwarze Unterlag gehoben, drum sind immer die Bälle die glänzendsten, denen das Unglück den dunklen Grund abgiebt, für welches dann der Glanz des Balles zum Strahl des Trostes wird.

WUNDER

„Glänzende Partie“ heißt die Fee, die oft Wunder wirkt in jungfräulichen Herzen, und selbst die ordinäre Hex „reichliche Versorgung“ – hat schon in zarten Wesen riesige Selbstverläugnungen erzeugt.

WÜNSCHEN

Die Christenpflicht sagt nur, man soll seinen Feinden Gutes thun. Gut! deßwegen seh ich aber noch nicht ein, warum man ihnen nicht dann und wann etwas Böses wünschen soll; es ist ja keine Folge, daß der Wunsch erfüllt werden muß.

Z

ZECHE

Das Zechzahlen ist in der neuen Welt so lästig als in der alten, und ohne Geld auch eben so unmöglich.

&

Wenn man mit der Zeche abfahren will, ist die erste Regel, dem Wirth eine hohe Meinung beybringen.

ZEIT

Das haben sie schon in sich, die schönen Tage von Aranjuez, daß sie so schnell vorübergeh'n.

&

Die Zeit, das is halt der lange Schneiderg'sell, der in der Werkstatt der Ewigkeit Alles zum ändern kriegt. Manchsmal geht die Arbeit g'schwind, manchmal langsam; aber firtig wird's, da nutzt a Mal nix, g'ändert wird All's.

&

Ja, es ist eine schöne Zeit, wo man sich noch Mühe giebt die Zeit zu tödten, aber es kommt leider nur zu schnell die Zeit, wo man merckt, daß die Zeit einem selbst tödtet.

ZENSOR

Ein Censor is ein Menschgewordener Bleysteften oder ein Bleistiftgewordener Mensch; ein Fleischgewordener Strich über die Erzeugnisse des Geistes, ein Krokodil was an den Ufern des Ideenstromes lagert, und den darin schwimmenden Dichtern die Köpf' abbeißt.

ZENSUR

Die Censur is die jüngere von zwey schändlichen Schwestern, die ältere heißt Inquisition; – die Censur is das lebendige Geständniß der Großen, daß sie nur verdummte Sclaven *treten*, aber keine freyen Völker *regieren* können.

&

Die Dichter haben ihre beliebteste Ausred eingebüßt. Es war halt eine schöne Sach', wenn einem nichts eing'fallen is, und man hat zu die Leut sagen können: Ach Gott! es is schrecklich, sie verbieten einem ja Alles. Das fallt jetzt weg.

ZOOLOGIE

Bey Schäferstunden derart is durchaus ein Dritter nothwendig, der ein Schaaf is.

ZUCKERBÄCKER

So ein leckender Appetitverderber, der vorzugsweise die stille Sehnsucht naschhafter Frauen is.

ZUFALL

Der Zufall muß ein b'soffner Kutscher seyn, wie der die Leut zsammführt – 's is starck.

&

Wenn der Zufall nicht wär, wie viel gelinget denn in der Welt. Der Zufall ist die Muttermilch, an der sich jeder Plan vollsaugen muß, wenn er zum kräftigen Erfolg heran reiffen soll.

&

Dem Zufall (danken wir) alles; den seelenguten Kerl dem der menschliche Eigendünkl fast immer das Verdienst abstreit't – lassen wir'n leben!

ZUFRIEDENHEIT

Die Welt is schön; es giebt zwar fast lauter Unzufriedene drauf; das soll von der menschlichen Ungenügsamkeit kommen. Nicht wahr is! Das kommt von der Genügsamkeit; denn wer is genügsam? der, welcher mit Allem zufrieden is; jeder Mensch aber wär' mit Allem zufrieden, wenn er Alles hätt', weil aber kein Mensch Alles hat, drum sind s' Alle unzufrieden –

ZUKUNFT

Die Zukunft is eine undankbare Person, die grad nur die quält, die sich recht sorgsam um sie bekümmern.

ZYNISMUS

Ich glaube von jeden Menschen das Schlechteste, selbst von mir, und ich hab mich noch selten getäuscht.

ANHANG

Zur Erklärung: Der Auswahl liegen sämtliche Stücke und Varianten Nestroys wie auch Teile des Nachlasses zugrunde. Die Zitate werden nach folgenden Ausgaben wiedergegeben: Johann Nestroy, Sämtliche Werke, Historisch-kritische Ausgabe, hg. von Jürgen Hein, Johann Hüttner, Walter Obermaier und W. Edgar Yates, Wien–München 1977 ff.; Johann Nestroy, *Reserve* und andere Notizen, hg. von W. Edgar Yates, Wien 2000 (= Res); Johann Nestroy, Sämtliche Werke, hg. von Fritz Brukner und Otto Rommel, 15 Bde., Wien 1924–1930 (Coupletstelle aus *Eulenspiegel* auf S. 55, die in der neuen Historisch-kritischen Ausgabe noch nicht vorliegt). Die Zitate mußten aus dem Zusammenhang gelöst werden. Das machte einige Male geringfügige Auslassungen nötig, die nicht eigens gekennzeichnet sind. Manchesmal wurden die Dialogstellen etwas gerafft. Kleine Umstellungen oder Veränderungen des Textes durch den Herausgeber stehen in Klammern. Auch wenn das Zitat mitten in einem Satz beginnt, wird es mit einem Großbuchstaben begonnen. Bei den Dialogen wurden ebenso wie bei den wenigen Couplets, die aufgenommen werden konnten, die Namen der Rollen weggelassen. Nur in einem Fall, unter dem Stichwort „Freiluftbühne", wurden, da es sich um ein Gespräch zu dritt handelt, die Anfangsbuchstaben der Darstellernamen vorangestellt: Tr – Treumann, N – Nestroy, Sch – Scholz.
Im übrigen lassen sich die Zitate leicht in ihren Zusammenhang zurückversetzen. Im folgenden werden alle Stichworte mit den Belegen angeführt. Jedes Zitat ist durch die Chiffre des Stücks, die im anschließenden Abkürzungsverzeichnis aufgelöst wird, den Akt (römische Ziffer) und die Szene (arabische Ziffer) gekennzeichnet. Bei Einaktern entfällt die Aktbezeichnung.
Weitere Abkürzungen: Na – Nachlaß, Va – Variante, Vsp – Vorspiel.

STICHWORTVERZEICHNIS UND NACHWEIS DER ZITATE

ABKÜRZUNGSVERZEICHNIS

der Komödien, aus denen Zitate verwendet wurden. Die Jahreszahlen bezeichnen die Uraufführung oder die Entstehung der Komödie.

A — Die lieben Anverwandten. Posse mit Gesang in fünf Akten, 1848
AB — Der Affe und der Bräutigam. Poße mit Gesang in 3 Acten, 1836
AM — Der alte Mann mit der jungen Frau. Posse mit Gesang in Vier Acten, 1849
B — Die schlimmen Buben in der Schule. Burleske mit Gesang in 1 Acte, 1847
DJ — Dreyssig Jahre aus dem Leben eines Lumpen. Lokales Zauberspiel mit Tanz, Gesang und Tableaux in 2 Akten, 1828
E — Zu ebener Erde und erster Stock oder Die Launen des Glückes. Lokalposse mit Gesang in drei Akten, 1835
Eis — Eisenbahnheirathen oder Wien, Neustadt, Brünn. Posse mit Gesang in 3 Acten, 1844
Erb — Der Erbschleicher. Posse mit Gesang in 4 Aufzügen, 1840
Eu — Eulenspiegel oder Schabernack über Schabernack. Posse in 4 Acten, 1835
F — Der Färber und sein Zwillingsbruder. Posse mit Gesang in 3 Acten, 1839
Fa — Die verhängnißvolle Faschings-Nacht. Lokal-Posse mit Gesang in 3 Aufzügen, 1839
FD — Die Fahrt mit dem Dampfwagen. Vorspiel in einem Akt, 1834
Fe — Der Feenball oder Tischler, Schneider und Schlosser. Faschings-Posse in 3 Aufzügen, 1833
Fr — Freiheit in Krähwinkel. Posse mit Gesang in 2 Abtheilungen, 1848
FV — Frühere Verhältnisse. Posse mit Gesang in Einem Act, 1862
G — Das Gewürzkrämer-Kleeblatt. Posse mit Gesang in Drey Aufzügen, 1844
Gl — Die Gleichheit der Jahre. Local-Posse in vier Abtheilungen, 1833
GM — Glück, Mißbrauch und Rückkehr oder Das Geheimniß des grauen Hauses. Posse mit Gesang in fünf Acten, 1838
H — Höllenangst. Posse mit Gesang in 3 Akten, 1849

HA Häuptling Abendwind oder Das gräuliche Festmahl. Operette in Einem Act, 1862

HB Der holländische Bauer. Posse mit Gesang in 3 Acten, 1849

HG Heimliches Geld, heimliche Liebe. Posse mit Gesang in Drey Akten, 1853

HH Hinüber – Herüber – Hinüber – Herüber –. Intermezzo nach einer dem „Humoristen" entnommenen Anecdote, 1844

HS Die beiden Herrn Söhne. Posse mit Gesang in 4 Akten, 1845

HT Das Haus der Temperamente. Posse in zwei Aufzügen, 1837

J Einen Jux will er sich machen. Posse mit Gesang in 3 Acten, 1842

JH Judith und Holofernes. Travestie in einem Acte, 1849

K Kampl. Posse mit Gesang in Drey Acten, 1852

Ka Karrikaturen-Charivari mit Heurathszweck. Posse mit Gesang in 3 Aufzügen, 1850

Ke Der gefühlvolle Kerckermeister oder Adelheid die verfolgte Witib. Gesprochene und gesungene Parodie eines getantzten Dramas, mit Verwandlungen, Gruppierungen, Äußerungen, Muthmaßungen, Einsperrungen, Entführungen, Maltraitierungen, Rettungen, Dings da, und allen Erdencklichen was Sie sich selbst wünschen, in 3 Aufzügen, 1832

Ko Der Kobold, oder Staberl im Feendienst. Parodierende Zauberposse mit Gesang in vier Akten, 1838

L Der böse Geist Lumpacivagabundus oder Das liederliche Kleeblatt. Zauberposse mit Gesang in drey Aufzügen, 1833

LB Weder Lorbeerbaum noch Bettelstab. Parodierende Posse in 3 Acten, 1835

LH Liebesgeschichten und Heurathssachen. Posse mit Gesang in Drey Acten, 1843

LS Lady und Schneider. Posse mit Gesang in zwei Acten, 1849

M Das Mädl aus der Vorstadt oder Ehrlich währt am längsten. Posse mit Gesang in 3 Acten, 1841

MA Moppels Abentheuer im Viertel unter Wiener Wald in Neu-Seeland und Marokko. Posse in zwei Aufzügen, 1837

Mar Martha oder Die Mischmonder-Markt-Mägde-Miethung. Parodierende Posse mit Gesang in 3 Akten, 1848

MF Mein Freund. Posse mit Gesang in drei Akten. Nebst einem Vorspiele, 1851

MKS Müller, Kohlenbrenner und Sesseltrager oder Die Träume von Schale und Kern. Zauberspiel in 3 Aufzügen, 1834

N Die beiden Nachtwandler oder Das Nothwendige und das Überflüssige. Posse mit Gesang in zwei Aufzügen, 1836

NH Nagerl und Handschuh oder Die Schicksale der Familie Maxenpfutsch. Neue Parodie eines schon oft parodirten Stoffes in 3 Aufzügen, 1832

Nk „Nur keck!" Posse mit Gesang in Drey Acten, 1855

P Die Papiere des Teufels oder Der Zufall. Posse mit Gesang in 3 Akten und einem Vorspiele, 1842

Pr	Alles will den Prophet'n seh'n. Posse mit Gesang in Drey Acten, Keine Parodie des „Profeten“, 1850
R	Nur Ruhe! Posse mit Gesang in Drey Acten, 1843
RT	Robert der Teuxel. Parodierende Zauberposse in 3 Aufzügen, 1833
Sch	Der Schützling. Posse mit Gesang in Vier Acten, 1847
T	Der Talisman. Posse mit Gesang in 3 Aufzügen, 1840
Te	Der gemüthliche Teufel oder: Die Geschichte vom Bauer und von der Bäuerinn. Zauberspiel mit Gesang und Tanz in I Ackt. Nach einer Volkssage, 1851
TH	Der Tod am Hochzeitstage oder Mann, Frau, Kind. Zauberspiel in zwey Akten, 1829
Th	Theaterg'schichten durch Liebe, Intrigue, Geld und Dummheit. Posse mit Gesang in zwei Akten, 1854
TM	Gegen Thorheit giebt es kein Mittel. Lustiges Trauerspiel mit Gesang in 3 Abtheilungen, 1838
Tr	Der Treulose oder Saat und Ernte. Dramatisches Gemälde in 2 Abtheilungen, 1836
U	Der Unbedeutende. Posse mit Gesang in drei Akten, 1846
Um	Umsonst. Posse mit Gesang und Tanz in drei Akten, 1857
Uv	Unverhofft. Posse mit Gesang in drei Acten, 1845
V	Die Verbannung aus dem Zauberreiche oder Dreißig Jahre aus dem Leben eines Lumpen. Zauberspiel mit Gesang in zwei Akten, Umarbeitung 1832
Ve	Das Verlobungsfest im Feenreiche oder Die Gleichheit der Jahre. Zauberposse in drey Aufzügen, 1833
VG	Verwickelte Geschichte! Posse mit Gesang in 2 Acten, 1850
W	Eine Wohnung ist zu vermiethen in der Stadt. Eine Wohnung ist zu verlassen in der Vorstadt. Eine Wohnung mit Garten ist zu haben in Hietzing. Lokal-Posse mit Gesang in 3 Aufzügen, 1837
Z	Der Zerrissene. Posse mit Gesang in Drey Acten, 1844
Za	Zampa der Tagdieb oder Die Braut von Gyps. Parodie in 3 Acten, 1832
Zau	Der confuse Zauberer oder Treue und Flatterhaftigkeit. Original Zauberspiel mit Gesang in 3 Aufzügen, 1832
ZJ	Zwey ewige Juden und Keiner. Burleske in 2 Acten, 1846
ZKL	Die Familien Zwirn, Knieriem und Leim oder Der Welt-Untergangs-Tag. Zauberspiel in zwei Akten, 1834
ZR	Die Zauberreise in die Ritterzeit oder Die Übermüthigen. Original-Zauber Posse in drei Aufzügen, 1832
ZS	Der Zauberer Sulphurelectrimagneticophosphoratus und die Fee Walpurgiblocksbergiseptemtrionalis oder Die Abentheuer in der Sclaverey oder Asiatische Strafe für europäische Vergehn oder Des ungerathenen Herrn Sohns Leben Thaten und Meinungen, wie auch seine Bestrafung in der Sclaverey und was sich alldort ferneres mit ihm begab. Zauperposse mit Gesang in 3 Acten, 1834
Zv	Zeitvertreib. Posse in einem Akt, vor 1858
ZP	Der Zettelträger Papp. Ein Vorspiel, 1827

A

ABONNENT

Abonnenten sind nicht so leicht zu vertreiben. Es is zum Staunen was ein guter Abonnent vertragt.

ADRESSE

Was das für ein trostloser Zustand is, ein Liebhaber ohne Adress' – ein junger Spatz der aus'n Nest fallt, ein Hecht, den s' in ein Körbl tragen, ein Pintsch, der ohne Halsband umlauft, das alles is noch Gold gegen einen Liebhaber ohne Adress'.

AGGRESSION

In meinem Kopf ist ein Fleckel wohin das Wort Vernunft noch nie gedrungen ist. Auf diesem Fleckel is ein Radl, und wenn das einmahl laufend wird –

AGGRESSIVITÄT

–.–: Er hat zwey arge Fehler; Er liebt den Streit und den Trunck.
–.–: Das is nur Ein Fehler, denn ich streit nur wenn ich getruncken hab.

ALCHIMIE

Was haben diese Leut', die Alchymisten, alles über die Goldmacherkunst studiert. Ich weiß ein prächtiges Recept. Man nehme: Keckheit, Devotion, Impertinenz, Pfiffigkeit, Egoismus, Fünf lange Finger, zwey große Säck und ein kleines Gewissen, wickle das Alles in eine Livree, so giebt das in Zehn Jahren einen ganzen Haufen Dukaten.

ALKOHOL

Ja, der Champagner! und die Weine überhaupt – wenn das Zeug's nur keine Gottesgabe wär', daß man's recht von Grund des Herzens verabscheuen könnt'.

ALKOHOLISMUS

Ich bin auch verliebt, aber nicht in das schöne Geschlecht, sondern in das Flaschengeschlecht. Dabey lebt man ruhig und vergnügt. Ich umarm' eine um die and're, und 's giebt keinen Zanck keine Eifersucht. Höchstens die letzte wird manchmahl grob und wirft mich um die Erd'n.

&

Wenn ich mir mein Verdruß nicht versauffet, ich müßt mich grad aus Verzweiflung dem Trunk ergeben.

&

Der Trunk ist ein Laster, darüber kann ich reden, denn ich trinke schon seit Jahren.

ALTER

Ja, es is halt nicht Alles ehrwürdig, was grau is; es lieget eine offenbare Eseley in dieser Behauptung.

&

Lernen Sie mir die alten Herrn kennen. Ich bin zwar nur ein alter Diener, – aber die Gefühle bleiben sich gleich, und werden im Alter noch heftiger weil sie keine rechte Erwiederung finden; das is grad' als wie Einer, der einen Haring i[ß]t, und nix z'trinken kriegt.

ALTERN

Ja, ja, lang leben will halt Alles, aber alt werden will kein Mensch.

WORTERKLÄRUNGEN

apprehensiv	reizbar
aufreiben	zum Schlag ausholen
bemseln	pinseln
biglem	selten
Braker	Schläge
Bram	Rand
Colliergrecquemod'	griechische Halsketten waren modern
comifoe	comme il faut, musterhaft
Depensen	Ausgaben
Distinktion	Unterscheidung
Don Valeros	Figur aus Adolf Müllners „Die Schuld“ (1813)
Favoritköpf	Haartracht: Lockenbüschel an den Schläfen
Fiduz	Vertrauen, auch Verlangen
firtig	fertig
Flinserln	Flitter
gach	jäh
Gamezen	Gähnen
Gaudée	Vergnügen, Festivität
Geperneck	Wintermantel (nach ungarisch: “köpönyeg”)
G'frett	Unzulänglichkeit
Göd	Pate
Gotigkeit	gewissermaßen (nach lateinisch „quod dicat“)
G'spusin	Geliebte (Verhältnis)
g'weißingt	ausgemalt (die Wände kalkweiß angestrichen)
Hadern	Lumpen
heiklig (heikel)	empfindlich
Hollerstauden	Holunderstrauch
hudeln	unsorgfältig arbeiten
Interessen	Zinsen
Juchtene	kostbare Kalbslederschuhe
Karbonadln	Rostbraten
Kakranus	kommt von Kagran, Vorstadt Wiens
Kei'rei	Keierei, Schererei
Kramperl	Kralle
Kramperl(tee)	Brusttee aus Islandmoos
Kridatar	einer, der Konkurs gemacht hat
Linie	äußerer Wall um Wien
Marchfeld	Ebene östlich von Wien
Millirahmstrudl	Rahmstrudel in Vanillesauce
müchlets (Mehl)	schimmlig
niederpracken	niederschlagen
niemst	niemand
Niklo-Markt	vorweihnachtlicher Nikolaus-Markt
Örindur	„Und erklärt mir, Oerindur, / Diesen Zwiespalt der Natur!“ (Adolf Müllner, „Die Schuld“ II, 5)
Pandecten	Sammlung römischer Rechtssprüche

paperl(grün)	von Papagei
papierlt (werden)	übervorteilt, angeschmiert (werden)
Partikulier	vermögender Privatmann
pintscherlgemein	hundsgemein
powidaln	Böhmakeln (nach tschechisch „on povidal" – er erzählt)
präferanzeln	Karten spielen (Preference)
Pummerl	Hündchen
punket	klein und dick
Quadrillierungen	etwas kariert machen (Stoff)
Razen	Hausierer mit Küchengeräten
Remonblau	Raymonds Blau (Pariserblau, Napoleonblau)
Rinaldini	Räuber, nach Vulpius' Roman „Rinaldo Rinaldini" (1799)
rokoko	überaltert
Salamimänner	Käse- und Wursthausierer
Salveter	Servietten
Satz	Hypothek
schiech	häßlich
schleifen	Schlittschuhlaufen
Schleußigkeit	Zerschlissenheit
schlickt	schluckt
schlieft	schlüpft, kriecht
schusseln	übereilen
Sekkatur	Quälerei
Spagat	Bindfaden, Schnur
Sterz	Schmarren
Stockerauer	Stockerau, Stadt nördlich von Wien
Strauchen	Schnupfen
Sulteln	Hundename (Sultan)
Talon	Kartenrest nach dem Geben
Tatl	Greis
totschlachtig	gleichgültig, rücksichtslos
überhaps	ungenau
überhiaseln	schminken
verbrennen	verlieben
verknusen	ertragen
verschnabulieren	aufessen
Zwetschkenkrampus	Teufelsfigur aus gedörrten Zwetschken
Zwiefel	Zwiebel